SON LOUP EXECUTUER

JODI VAUGHN

CHAPITRE 1

— Tu te sens prêt, Brutus ? Notre toute première réunion officielle avec notre nouveau chef de meute, Barrett Middleton.

Killian Black fourra un autre cookie recouvert de chocolat dans sa bouche et grogna de plaisir. Il savoura le délicieux biscuit tandis qu'il suivait les deux Assassins de Louisiane, qui étaient plus des frères que des collègues à ses yeux, en direction de la maison de Barrett.

L'aube se levait à peine sur la Nouvelle-Orléans et le temps s'était un refroidi dans le Sud depuis quelques jours. La température était passée de trente degrés à dix-neuf, apportant un peu de fraîcheur.

— J'espère que Barrett ne voudra pas nous faire compter nos heures. Il paraît qu'il le faisait avec les Gardiens d'Arkansas.

Killian adorait être Assassin. Lui et ses frères ne travaillaient que lorsqu'un loup ne respectait pas les lois des meutes et devait être exécuté.

Lorcan, Brutus et lui avaient un rythme en ce qui concernait leur activité d'Assassins. Ils travaillaient en synchronicité, comme une machine bien huilée, délivrant la sentence et l'exécutant quand ils en recevaient l'ordre. Ce qui n'arrivait pas souvent, et pas depuis que Barrett Middleton était devenu chef de la meute de Louisiane.

— Si on doit marquer nos heures, tu vas vite perdre ton boulot. T'es toujours à la bourre, dit Brutus avec un regard en coin à Killian. Où est-ce que tu as trouvé ces cookies ? Je ne les ai pas vus à la base.

— C'est parce que je les ai tous pris quand Jacey les a apportés ce matin, répondit-il avant d'en fourrer un autre dans sa bouche.

— Elle les a apportés pour nous tous, dit Lorcan.

Il donna un coup de poing dans le bras de Killian, qui lâcha les biscuits. Lorcan en attrapa deux. Brutus ramassa le dernier.

— Hé, ce sont les miens ! protesta Killian.

— Tu devrais apprendre à être moins égoïste. Quand la compagne du chef apporte un cadeau, tu dois partager, dit Lorcan avant de pousser un soupir. Merde. Ils sont vraiment bons.

— Je sais. D'après toi, pourquoi je ne voulais pas partager ?

— Parce que t'es un connard, grogna Brutus.

— Pas du tout.

Killian se frotta le bras là où Lorcan l'avait frappé. Ce n'était tout de même pas sa faute s'il était accro au sucre. Il n'avait jamais aimé l'alcool ni la drogue, mais il était prêt à se couper un orteil contre une bouchée de donut.

— Et je ne suis pas toujours en retard, ajouta-t-il avec un regard noir.

— Ces dernières semaines, tu as été en retard chaque fois qu'on a patrouillé dans la région.

— Patrouiller, dit-il d'un ton méprisant. On est des Assassins. Depuis quand est-ce qu'on patrouille ? Ça ne fait pas partie de mon boulot. Quand on nous a envoyé éliminer un loup, est-ce que j'ai déjà été en retard ?

— Non. Mais tu as raté Braxton quand tu lui a tiré dessus, remarqua Brutus.

— Ce qui s'est révélé être une bonne chose, finalement. Il était innocent.

— Mouais, tu as eu de la chance, c'est tout.

Lorcan s'arrêta devant l'étal d'un artiste local installé sur Jackson Square pour regarder un tableau.

Killian respira profondément. Des odeurs de chicorée et de beignets recouverts de sucre glace emplissaient l'atmosphère.

— J'adore les odeurs de la Nouvelle-Orléans.

— Le vomi et l'urine ? demanda Lorcan, dubitatif.

— Non, abruti. Le café et les beignets.

Il jeta un coup d'œil à sa montre en se demandant s'il avait le temps de manger un morceau.

— Non, dit germement Lorcan.

— Quoi ?

— Tu ne t'arrêtes par pour un donut, ou pour quoi que ce soit d'autre, d'ailleurs. On ne va pas arriver en retard à la réunion.

— Ce n'est pas comme si c'était notre première réunion avec Barrett. Il est chef de la meute depuis presque trois mois, dit Killian avec une pointe d'agacement. Et puis, il nous a ordonné d'assassiner personne depuis qu'il a pris ses fonctions. Boudier ne me manque pas du tout et je suis bien content que ce connard soit mort, mais pour être honnête, je commence à m'ennuyer un peu.

— Ça explique pourquoi tu commences à faire du gras, dit Brutus en enfonçant son index dans son ventre.

— Faire du gras ?

Il arrêta de marcher et se frotta le ventre. Il ne se sentait pas du tout gros, mais il avait lu quelque part que quand quelqu'un prenait du poids, il ne s'en rendait souvent compte que trop tard. Il se tourna de profil pour étudier son reflet dans la vitrine d'une boutique.

— Allez, bouge-toi, l'appela Lorcan par-dessus son épaule.

Il surprit le regard d'une jeune femme qui passait à leur hauteur, les bras chargés de fleurs.

— Excusez-moi, l'aborda-t-il avec un sourire.

Elle s'arrêta, ses joues se teintant de rose.

— Je voudrais votre opinion sincère. Vous me trouvez un peu trop gras ? demanda-t-il à voix basse en se penchant vers elle.

— Je vous trouve parfait, répondit-elle en secouant la tête avant de s'éloigner en gloussant.

Il se tourna vers les autres Assassins avec un sourire en coin.

— Ouais, comme je le pensais. Toujours parfait.

CHAPITRE 2

*B*arrett Middleton posa son gobelet de café et enlaça la taille de Jacey alors qu'elle passait près de la table de la cuisine pour l'attirer sur ses genoux.

— Qu'est-ce que tu fais ? demanda-t-elle en riant. Tu as une réunion dans dix minutes.

— J'ai une meilleure idée pour occuper mon temps. Te faire jouir, par exemple.

Il frotta son nez contre son oreille. Bon Dieu, il adorait son odeur. Il était constamment excité en sa présence. Et quand elle n'était pas là, il pensait à elle. Le fait qu'elle soit enceinte l'avait rendue encore plus irrésistible à ses yeux.

— Je veux un peu plus que dix minutes de ton attention, dit-elle avant de l'embrasser longuement.

Il sentit son goût sucré exploser sur sa langue. Elle poussa un soupir en se serrant contre son torse. Il adorait les petits bruits qu'elle laissait échapper chaque fois qu'il l'embrassait.

Le carillon mélodieux de la porte d'entrée résonna dans la maison.

— Merde, grogna-t-il en détachant ses lèvres de celles de Jacey.

Elle éclata de rire.

— Si j'étais toi, j'attendrais une minute avant d'aller retrouver les Assassins. Tu ne voudrais pas que celui qui est mignon s'imagine que tu en pinces pour lui, dit-elle en posant la main sur la bosse dans son jean.

— Lequel est-ce que tu trouves mignon ?

Il fronça les sourcils. Il était presque sûr qu'elle parlait de Killian, avec sa longue chevelure noire, ses yeux gris et son look de rockstar. Elle secoua la tête en riant de plus belle.

— Tu trouves Killian mignon ? grommela-t-il.

— J'adore quand tu te montres jaloux.

Elle se leva et alla poser sa tasse de café dans l'évier. Il suivit ses fesses musclées des yeux tandis qu'elle sortait de la pièce avant de lever la tête vers le plafond.

Il prit quelques profondes inspirations en pensant à la comptabilité et dès que son érection fut sous contrôle, il alla ouvrir la lourde porte vitrée en fer forgé.

Les trois Assassins se tenaient sur le perron.

— Vous êtes en avance.

— Vous voyez, on n'est pas du tout en retard, fit Killian d'un air de reproche aux Assassins.

— On a deux minutes d'avance, dit Lorcan en regardant sa montre. J'espère que ça ira ?

— Entrez.

Barrett s'effaça pour les laisser passer, son regard s'attardant un peu plus longtemps sur Killian que sur les autres.

— Allez dans le salon, je vais demander à Jacey de nous apporter du café.

— Il ne lui reste pas des cookies ? demanda Killian d'un ton plein d'espoir, les yeux brillants.

Barrett lui lança un regard irrité. Il ne voulait pas que Killian s'approche de Jacey ou de ses cookies.

— Non, gronda-t-il tout bas avant de remarquer : Killian, tu as laissé pousser tes cheveux.

— J'avais envie de changer. Tu sais ce que c'est, répondit ce dernier en souriant.

Barrett le fixait d'un air mauvais.

— Tu vas devoir pardonner notre ami, Barrett, dit Lorcan en secouant la tête. Killian est accro au sucre.

— Tiens donc ? lâcha le chef de meute entre ses dents.

— Pas du tout. J'aime juste les biscuits...

— Et les gâteaux, les barres de chocolat, le soda, les beignets..., continua Brutus d'un ton impassible.

— Je suis sûr que mes préférences alimentaires n'intéressent pas notre chef de meute, répliqua Killian.

Les Assassins attendirent que Barrett soit assis pour faire de même. Il se carra dans le fauteuil ; il venait d'avoir une idée. Il se frotta le menton, conscient que tout le monde attendait qu'il parle.

— En fait, l'addiction au sucre de Killian pourrait se révéler utile.

Il laissa le silence se prolonger. Il était chef de meute depuis assez longtemps pour savoir qu'il était d'or.

— J'ai besoin que quelqu'un enquête sur une affaire, dit-il finalement.

— Enquêter ? Tu ne devrais pas en parler aux Gardiens plutôt qu'aux Assassins ? demanda Killian.

Lorcan et Brutus se tournèrent pour le fusiller du regard.

— Quoi ? Ne me regardez pas comme ça. Vous vous demandez la même chose. Sans vouloir te manquer de respect, Barrett, ajouta-t-il.

— Tu préférerais assassiner des loups, Killian ? demanda Barrett en penchant la tête.

— C'est pour ça qu'on nous appelle les Assassins, pas les Baby-Sitters, répondit Killian dans un éclat de rire.

Brutus se leva, s'approcha de Killian et lui donna une claque dans la nuque.

— Aïe ! Pourquoi tu me frappes ?

— Parce que tu lui manques de respect, grogna Brutus.

— Pas du tout. Barrett m'a demandé mon avis. Quand on s'est débarrassés de Boudier, je croyais que Barrett voulait établir un dialogue avec ses Assassins, protesta Killian.

— Et depuis que Barrett est chef de la meute de Louisiane, on ne nous a demandé d'assassiner personne, dit Lorcan entre ses dents serrées.

Barrett remarqua la confusion de Killian.

— Killian, tu es content d'être un Assassin ?

Le sourire du loup commença à s'effacer. Barrett avait l'impression de voir les rouages de son esprit tourner à toute vitesse.

— Pas la peine de répondre, reprit-il. Je comptais vous envoyer tous les trois enquêter sur une situation, mais maintenant que tu as exprimé ton mécontentement... J'ai changé d'avis.

CHAPITRE 3

*M*erde. Il avait dit ce qu'il ne fallait pas. Ce ne serait pas la première fois, mais jamais à un chef de meute.

— Je ne me plaignais pas, dit Killian d'une voix nouée. J'adore mon boulot. Je ne suis pas mécontent du tout.

Il regarda les deux autres Assassins, espérant trouver du soutien. Brutus lui décocha un regard dégoûté. Le loup estimait sans doute que Killian était un petit pleurnichard. Et Lorcan... merde, Lorcan avait l'air sur le point de l'écorcher vif. Ce qui n'était pas peu dire, si l'on savait que son frère Lucien avait failli mourir de cette façon.

— Je pensais vous envoyer tous les trois faire de la reconnaissance près de Natchez.

— Natchez ? C'est dans le Mississippi. Ça ne devrait pas plutôt regarder Jack Welbourn, en tant que chef de meute de l'État ? demanda Brutus.

— Si, mais il est toujours contrarié que je n'aie pas capturé la sorcière de Yazoo City, répondit Barrett en se frottant la tempe.

— La sorcière a aidé à te ressusciter. J'aurais pensé qu'il serait reconnaissant, remarqua Lorcan.

— Il le serait un peu plus si elle ne laissait pas des cadavres partout où elle passe. Si on s'occupe d'enquêter sur un possible trafic de stupéfiants à Natchez, ça apaisera un peu les tensions avec Welbourn.

— On va le faire. Sans problème, dit Killian.

— Tant mieux. Parce que je ne vais envoyer que toi. J'ai d'autres tâches pour Brutus et Lorcan.

— Attends, ils ne viennent pas avec moi ? On est toujours partis en mission ensemble.

— Ce n'est pas pour un assassinat, Killian. Est-ce que tu es en train de refuser un ordre ? demanda sévèrement Barrett.

Les tripes de l'Assassin se nouèrent. Sa grande gueule avait encore failli lui attirer des ennuis.

— Non, bien sûr que non. Je vais le faire, dit-il en regardant son chef dans les yeux. Qu'est-ce que tu m'envoies surveiller ? Une planque de loups rouges ? Un labo de meth ? Un réseau de prostitution ?

Avec un large sourire, Garrett lui tendit un prospectus avec la photo d'un gâteau au chocolat en couverture.

— C'est une pâtisserie.

CHAPITRE 4

*K*illian fourra un jean dans la sacoche en cuir de sa Harley-Davidson Breakout avec un grognement résigné.

Une putain de pâtisserie. Il partait en mission pour débusquer un bonhomme en pain d'épices.

Il ferma les lanières de la sacoche en serrant les mâchoires. Il se doutait que sa tendance à l'ouvrir finirait par lui attirer des ennuis, mais ne s'attendait pas à ce que ce soit auprès du chef de meute de Louisiane.

Brutus appuya sa hanche contre sa propre Harley noire.

— Ramène-moi une grosse génoise à la crème.

— Ça n'existe pas, débile.

— Si, ça existe. Je l'ai vu sur Pinterest.

Lorcan, qui s'approchait, éclata de rire.

— Pendant que tu y es, je veux bien une douzaine de cupcakes à la crème. Et à la fraise. Putain, j'adore la fraise.

— Et si je te foutais plutôt..., grommela Killian en serrant les poings.

— Ça suffit, le coupa Brutus avant de lever les bras.

Merde, mec. Pour un type avec autant de gueule, tu ne supportes pas qu'on se moque de toi.

Killian força ses mains à se décrisper et respira profondément.

— Vous savez que ça va détruire ma réputation, si ça s'apprend ?

— Quelle réputation ? rigola Lorcan.

— Mec, je suis un Assassin. Si quelqu'un apprend que j'enquête sur une foutue pâtisserie, je ne pourrai plus jamais tirer un coup, dit Killian à voix basse. Je n'aurai plus aucune crédibilité. Jamais.

— Tu pars trop loin, Killian.

Le ton blasé de Lorcan indiquait qu'il ne se rendait pas compte du sérieux de la situation.

— Si Barrett t'avais demandé de mettre toutes tes compétences d'Assassin de côté pour enquêter sur un commerce qui vend des muffins et des cookies, tu es en train de me dire que ça ne t'aurait posé aucun problème ?

— Après avoir passé des années à exécuter des loups criminels, qui pour certains le méritaient amplement, je sauterais sur l'occasion d'avoir un peu de répit et de faire une mission reposante. Comme d'être payé pour aller visiter une pâtisserie, par exemple, répondit Lorcan en haussant les épaules. Mais je ne te juge pas. Certains d'entre nous sont plus impitoyables que les autres. On est faits comme ça, on n'y peut rien.

Killian observa son ami. C'était la première fois qu'il voyait du regret dans ses yeux.

— Te prends pas la tête, Killian, ajouta-t-il en lui donnant une tape sur l'épaule. Prends juste cette mission comme des vacances. Tu reviendras assassiner des criminels bien assez tôt.

Killian le suivit du regard alors qu'il s'éloignait. Il n'avait pas entièrement tort.

— N'oublie pas, Killian. Une grosse génoise, aboya Brutus avant de s'éloigner à son tour.

CHAPITRE 5

K illian se réveilla avant que le soleil ne se lève sur la petite ville endormie de Natchez. Il avait fait le trajet d'une traite pendant la nuit et s'était arrêté pour faire le plein dans la petite station-service avant de chercher une chambre. La plupart des hôtels étaient complets à cause des nombreux festivals printaniers organisés dans la ville, attirant des touristes du monde entier venus visités les demeures rattachées aux anciennes plantations dans la région.

Après plusieurs tentatives, il finit par trouver une place à l'auberge Monmouth. Il aurait préféré séjourner dans un hôtel, où il pouvait aller et venir sans attirer l'attention, mais il n'avait pas le choix.

La maison d'hôtes devrait faire l'affaire.

Il verrouilla la porte de sa chambre et descendit prendre son petit-déjeuner dans la salle à manger, espérant trouver une douceur pour accompagner son café.

— Bonjour, monsieur Black.

La propriétaire, Mme Spell, l'accueillit avec un grand

sourire et tapota sa chevelure grise pour s'assurer qu'elle était bien en place.

— Bonjour, madame Spell. J'ai dormi comme une pierre, la salua-t-il en souriant avant de se tourner vers la cafetière pleine. Ah, exactement ce qu'il me fallait.

Il se servit une tasse du liquide sombre.

— On l'importe directement de France. C'est une torré-faction particulière, dit-elle en retirant le papier aluminium sur un plat. Pour le petit-déjeuner, nous avons des saucisses et des œufs, ainsi que des fruits frais de producteurs locaux.

Elle montra un saladier rempli de pastèque, de fraises et de myrtilles fraîches, puis souleva un couvre-plat métallique pour révéler ce qui se cachait dessous.

— Des brioches à la cannelle maison qui fondent dans la bouche.

Il poussa un soupir et tomba amoureux de la vieille dame.

— C'est vous qui les avez faites ?

— Oh, non. Lilliana les a préparées, dit-elle en lui tendant une assiette décorée d'un liseré de petites fleurs bleues. Cette jeune femme est diplômée d'une école de cuisine. Elle m'est d'une grande aide pour faire tourner Monmouth.

— Je n'en doute pas.

Il se servit un peu de saucisses et d'œufs, ignora les fruits et prit trois grosses brioches à la cannelle. Il emporta son festin jusqu'à la table ancienne dans la pièce. Heureusement, aucun des autres clients n'était encore levé. Il avait toute la salle à manger pour lui.

— Killian, vous êtes ici pour affaires ? demanda Mme Spell en s'asseyant en face de lui.

Ses épaules s'affaissèrent légèrement. Il était en train de porter une brioche à l'arôme délicieux à sa bouche, mais dut interrompre son geste et pour se forcer à faire poliment la conversation.

— Je suis venu ici pour me détendre.

— Je m'en doutais. J'ai une excellente intuition. En vous voyant arriver hier soir, j'étais sûre que vous étiez quelqu'un d'important.

Il resta interdit et soutint le regard de la femme.

— Je sais qui vous êtes, dit-elle à voix basse en se penchant vers lui.

— Vraiment ?

Elle était humaine, pas métamorphe. Bordel, même la plupart des loups du civil ne savaient pas à quoi ressemblaient les tristement célèbres Assassins de Louisiane. Comment pouvait-elle savoir qui il était ?

— Vous êtes l'un de ces rockeurs célèbres, dit-elle avec un sourire radieux.

— Comment avez-vous deviné ?

Il sourit, rassuré, et prit une bouchée de brioche. Le sucre explosa sur ses papilles comme des milliers de feux d'artifice le jour de la fête nationale.

— Je m'en doutais à cause de vos cheveux longs et de vos vêtements noirs. Mais ne vous inquiétez pas, je garderai votre secret. Je ne le dirai pas aux autres hôtes. Je sais à quel point c'est important pour une personne comme vous de pouvoir se détendre et sortir la tête du travail.

Elle se leva et contourna la table pour lui tapoter l'épaule.

— Passez un bon séjour à Monmouth.

— Merci, j'y compte bien.

Après un dernier salut de la main, l'aubergiste sortit de la pièce. Il termina la brioche et prit son temps pour boire son café. Son regard se posa sur un présentoir de brochures à l'entrée de la salle à manger. Il se leva pour s'en approcher.

Il passa les différents prospectus en revue et en sortit un de la pâtisserie de Natchez. Une adresse était indiquée, avec un plan.

C'était celle de la pâtisserie sur laquelle Barrett lui avait demandé d'enquêter. Il fourra le prospectus dans une poche de sa veste en cuir noir.

Apparemment, cette mission allait être du gâteau.

CHAPITRE 6

*L*illiana Beckway ouvrit la porte à l'arrière de la pâtisserie de Natchez, la cala avec une brique posée à côté et ouvrit le coffre de sa Nissan cabossée.

Elle souleva délicatement l'une des quatre boîtes blanches contenant ses gâteaux et l'emporta dans la cuisine.

— Qu'est-ce que tu m'apportes aujourd'hui, Lilliana ? J'espère que l'une de ces boîtes contient un gâteau colibri.

Emmet Reece, le propriétaire de la pâtisserie, la regarda du haut de son mètre quatre-vingt-quinze en plissant les yeux.

Il avait beau être mince comme un fil, cet homme au long nez tordu l'intimidait. Après avoir enfin obtenu son diplôme de pâtisserie d'une école française, elle aurait pensé évoluer professionnellement et réaliser ses rêves plus rapidement. Elle n'avait pas pris en compte qu'il serait difficile de trouver un emploi à Natchez, ou que ses habitants n'avait pas envie d'exotisme ; ils voulaient le réconfort des vieux classiques. Comme son gâteau colibri.

— J'ai deux gâteaux colibri et deux cheesecakes avec un

glaçage à la fleur d'oranger, dit-elle en souriant avant de poser la boîte sur le comptoir.

— De la fleur d'oranger ? Pourquoi pas un glaçage à la vanille, comme d'habitude ? C'est ce que les gens veulent, dans le Sud.

L'air contrarié, il ouvrit la boîte à gâteau. Son expression renfrognée s'effaça, remplacée par un regard appréciateur.

Emmet Reece avait beau trouver à redire sur tout ce qu'elle lui apportait, ses clients adoraient ses gâteaux, et c'était la raison pour laquelle il continuait de lui en commander chaque semaine.

Même si elle aimait avoir carte blanche à Monmouth, elle avait besoin du revenu supplémentaire qu'elle gagnait grâce à la pâtisserie de Natchez.

En revanche, elle n'appréciait pas qu'Emmet ne la crédite jamais pour son travail. Il achetait ses gâteaux, mais les faisait passer pour des créations originales de sa boutique.

Une fois les derniers gâteaux déchargés, elle s'attarda dans la cuisine et se racla la gorge en replaçant une mèche de cheveux derrière son oreille.

— Vous savez, j'aimerais beaucoup que vous mentionniez mon nom quand vous présentez ces gâteaux dans votre vitrine. Une simple carte précisant qu'il s'agit d'une création originale de Lilliana Beckway suffirait. Vous savez, juste pour que les clients sachent qui les a créés.

Sans rien dire, Emmet posa les gâteaux sur les présentoirs en verre et les décora d'une branche de chèvrefeuille en plastique.

Elle plissa les yeux. Elle détestait voir ce qu'il faisait à ses beaux desserts avec ses machins en plastique. Elle aurait préféré qu'il les laisse tranquilles.

Il se retourna et la toisa sévèrement.

— De quoi la pâtisserie Natchez aurait-elle l'air si je vendais des produits qui n'ont pas été préparés sur place ?

— Je comprends, mais j'essaie de me faire connaître et je n'ai pas envie de créer tous ces gâteaux sans être créditée, dit-elle en soutenant son regard.

Elle devait rester ferme.

— Je vois.

Le vieil homme tourna les talons et disparut dans son bureau. Le ventre de Lilliana se noua. Bon Dieu, il n'allait plus lui acheter de gâteaux et elle allait perdre cette source de revenus. Elle en avait besoin pour envoyer de l'argent à sa mère en Louisiane. Elle l'avait élevée après que leur père les avait abandonnées alors qu'elle était bébé. Sa mère avait souhaité que sa fille bénéficie de toutes les opportunités qu'elle n'avait pas eues, et elle avait dépensé toutes ses économies, y compris sa maigre retraite, pour financer les études de Lilliana.

À présent, c'était son tour de repayer chaque centime à sa mère pour qu'elle puisse enfin arrêter de travailler et passe le restant de ses jours à se la couler douce dans sa petite maison de campagne, à s'occuper de ses chèvres et à tricoter, au lieu de travailler comme infirmière à l'hôpital. Son arthrite la faisait de plus en plus souffrir, mais elle n'avait jamais entendu sa chère maman se plaindre.

Lilliana s'était juré de lui envoyer autant d'argent que possible.

Ces deux dernières années, elle avait vécu presque sans un sou et accepté toutes les offres de travail qu'on lui proposait. Elle était logée gratuitement dans un petit chalet derrière l'auberge Monmouth, ce qui lui était d'une grande aide. Emmet lui avait d'abord ri au nez lorsqu'elle s'était présentée à la pâtisserie de Natchez pour proposer ses gâteaux, mais en voyant ses clients réclamer ses pâtisseries, il avait commencé à lui commander des gâteaux chaque semaine.

S'il la renvoyait, elle devrait trouver un autre boulot supplémentaire.

Elle pourrait vendre ses gâteaux toute seule, pensa-t-elle avant de soupirer. Créer une liste de clients lui prendrait des années et ouvrir sa propre pâtisserie demandait beaucoup d'argent.

De l'argent qu'elle n'avait pas.

Emmet sortit du bureau, une enveloppe à la main. Elle était plus épaisse que d'habitude, et Lilliana savait déjà ce que ça signifiait. Elle contenait sa lettre de licenciement.

— Tu devrais être reconnaissante que je t'aie donné une chance, dit-il en lui tendant l'enveloppe. Les personnes qui savent montrer de la gratitude obtiennent plus, même si ce n'est pas forcément leur nom sur les gâteaux.

Il rentra dans son bureau et referma la porte derrière lui.

Elle resta pétrifiée, la gorge nouée. Elle finit par ouvrir l'enveloppe et écarquilla les yeux en découvrant son contenu. Au lieu d'une lettre de licenciement, il y avait des billets. Énormément.

Elle compta lentement les coupures de cent dollars. Il y en avait dix. Mille dollars.

La porte du bureau se rouvrit et Emmet passa la tête dans la cuisine.

— J'ai besoin de six gâteaux colibri pour vendredi. C'est le printemps, les clients ont envie de gâteaux qui font penser à Pâques. Ils aiment les gâteaux colibri.

Sur ces mots, il referma la porte en la claquant.

Elle baissa les yeux sur l'enveloppe remplie d'argent.

Il ne l'avait pas renvoyée ; il lui avait donné une augmentation. Elle n'avait qu'à ravaler sa fierté et accepter de ne recevoir aucun crédit pour les gâteaux qu'elle vendait à la pâtisserie de Natchez.

Elle pensa à sa mère et à tout ce qu'elle avait sacrifié pour elle. À présent, c'était son tour de se sacrifier, et si pour ça, elle devait ne pas recevoir de reconnaissance alors qu'elle préparait la plupart des gâteaux de la pâtisserie, qu'il en soit ainsi.

CHAPITRE 7

Killian gara sa Harley-Davidson Breakout sur une place devant le trottoir et mit la béquille avant de lever la tête vers la pâtisserie de Natchez.

Un flot continu de clients entrait et sortait de la boutique. Des familles, des femmes âgées et des jeunes couples entraient, puis ressortaient les bras chargés de boîtes de gâteaux ou de sachets de viennoiseries.

Il suivit des yeux une jeune femme qui tenait à la main le muffin à la fraise le plus parfait qu'il ait jamais vu. Elle tira la langue pour lécher le dessus du glaçage, surprit le regard de Killian et lui fit un sourire aguicheur.

Il lui rendit son sourire en se demandant s'il arriverait à la persuader de lui donner son muffin. Elle continua à marcher mais lui lança un regard d'invitation par-dessus son épaule.

Dommage pour elle, mais à l'instant, il était plus intéressé par le muffin dans sa main que par celui dans son pantalon.

Il se retourna vers la pâtisserie et sentit sa bouche se remplir de salive. Barrett avait peut-être raison. C'était tout à fait dans ses cordes ; une mission facile au cours de laquelle il pourrait manger toutes les pâtisseries qu'il voudrait.

Il ouvrit la porte du magasin. Les arômes de sucre et des différents glaçages entrèrent dans ses narines en une caresse tentante.

Il examina la vitrine. Elle faisait plus de six mètres de long et contenait tous les gâteaux dont il aurait pu rêver, prêts à être achetés.

Il attendit qu'une famille termine son achat pour débuter son examen minutieux. Il avait déjà décidé de parcourir la vitrine de bout en bout avant de choisir ce qu'il achèterait. Ainsi, ça lui laisserait le temps d'observer un peu les lieux. Du sucre et de la surveillance. En effet, totalement dans ses cordes.

— Monsieur, je peux vous aider ? demanda une voix grave.

Un grand homme musclé se tenait derrière le comptoir. Son ton lui demandait de se dépêcher de passer commande et de partir, mais Killian n'avait aucune envie de se presser. M. Gros Bras allait devoir attendre.

— Je regarde encore. Je veux comparer toutes mes options avant de me décider, répondit-il en penchant la tête. Ça ne vous dérange pas ?

— Non monsieur, bien sûr. Prenez tout le temps qu'il vous faut.

L'homme alla conseiller un jeune couple intéressé par des muffins. Killian reprit son étude des desserts exposés dans la vitrine. Elle contenait des cookies à toutes les saveurs imaginables. Les muffins étaient décorés de glaçages parfaits et portaient des noms exotiques, comme *Délice de cheesecake à la fraise* et *Explosion de tortues au chocolat*. Il se mit à saliver en parcourant lentement la vitrine.

Après les muffins venaient les gâteaux. De gros, superbes gâteaux, capables de rendre diabétique. Il posa les yeux sur un joli gâteau à étages dont la base était bizarrement décorée d'une branche de chèvrefeuille en plastique. Il lut le nom sur l'écriteau en fronçant les sourcils. Un gâteau colibri.

Putain, qu'est-ce que c'était que ça ?

Il appuya son doigt sur la vitre et dit sans lever les yeux :

— Je vais prendre celui-là.

M. Gros Bras s'approcha vivement de lui, son regard faisant des allers-retours entre Killian et le gâteau.

— Vous en voulez une part, monsieur ?

— Non. Entier.

Moins d'une minute plus tard, il ressortait avec une boîte à gâteau dans les mains. Il comprit qu'il n'avait pas réfléchi en revenant vers sa moto.

Il lui fallut encore dix minutes pour trouver le moyen de ramener le gâteau jusqu'à l'auberge Monmouth sur la Harley-Davidson. Il sortit un tendeur de sa sacoche, accrocha la boîte sur le siège passager puis leva la tête vers le soleil. Il faisait une vingtaine de degrés et le ciel était dégagé. Le glaçage fondrait rapidement s'il restait dehors trop longtemps.

Il n'avait rien vu de suspect à la pâtisserie. Il décida de ramener le gâteau dans sa chambre à Monmouth et d'en manger une part, voire trois, avant de ressortir continuer sa mission de repérage. Pendant qu'il dégusterait le gâteau, il passerait un coup de fil à Barrett pour lui faire un rapide compte-rendu. Peut-être que Mme Spell aurait même refait de son délicieux café. Il adorait le gâteau accompagné de café chaud par-dessus tout.

Il démarra la Harley en souriant et prit la direction de la maison d'hôtes.

CHAPITRE 8

*K*illian gara la moto et détacha la boîte contenant le gâteau. Sa bouche s'emplit de salive en sentant l'arôme tentateur de sucre qui s'en dégageait. Il ne voulait pas attendre une minute de plus. Il se tourna vers le petit jardin devant l'auberge, à quelques mètres de lui. L'endroit idéal pour casser la croûte. Il emprunta une allée tranquille menant jusqu'à un banc en béton devant un petit étang. Il s'assit et souleva le rabat de la boîte.

— Vous avez dû l'acheter à la pâtisserie de Natchez, dit une voix douce derrière lui.

Il se retourna vers l'intruse en fronçant les sourcils. Il voulait juste manger son gâteau en paix, pas papoter avec une inconnue curieuse.

Il découvrit les yeux les plus verts qu'il ait jamais vus. La femme était grande et mince, avec de longs cheveux aussi noirs qu'un ciel sans lune. Elle portait un jean qui moulait ses courbes attirantes et mettait ses longues jambes en valeur. Son T-shirt noir portait le mot *Angel* sur la poitrine. Elle fit un pas vers lui en l'observant.

Il ferma les yeux et renifla. Son odeur arriva à son nez. Elle était humaine.

— En effet. Tu en veux un morceau ? demanda-t-il sans la quitter des yeux.

C'était inhabituel. Il adorait les femmes ; il en avait connu dans tous les États, humaines comme louves. En revanche, il ne partageait jamais ses desserts.

Il fronça les sourcils. Putain, pourquoi venait-il de proposer à cette humaine de partager son gâteau ?

Il sentit la sueur perler sur son front et leva la main pour l'essuyer. Il avait peut-être la grippe ? Les loups ne tombaient pas malades, se rappela-t-il. Ou alors, il avait peut-être attrapé une maladie rare de métamorphe ?

— Vous allez bien ? Vous avez l'air un peu malade, dit la fille en croisant les bras.

— Ouais, tout va bien. Tu as déjà goûté un gâteau de la pâtisserie de Natchez ?

— Oui.

Elle haussa les épaules et détourna les yeux. La brise souleva sa chevelure, apportant son parfum jusqu'à lui.

— Tu sens le sucre.

Elle leva ses cheveux vers son nez et renifla.

— C'est vrai ? Pourtant, j'ai pris une douche.

— C'est peut-être ton shampoing, dit-il avant de secouer la tête pour essayer d'éclaircir ses pensées.

— Bon, tu vas le manger, ce gâteau, ou quoi ?

Elle avait l'air de s'impatienter, et ne semblait pas le moins du monde sous son charme. Merde, d'habitude il ne pouvait pas marcher dans la rue sans se faire accoster, mais cette fille semblait ne même pas avoir envie de lui donner l'heure.

— Oui, dit-il en l'invitant à s'asseoir d'un geste.

Elle secoua la tête.

— Je ne peux pas rester, je dois retourner au travail. Plusieurs hôtes ont réservé une place pour le dîner.

— Attends, tu es la cuisinière ?

Elle hocha lentement la tête.

— C'est moi.

— Alors, c'est toi qui as fait ces délicieuses brioches ce matin, dit-il en souriant.

— Oui. Contente qu'elles t'aient plu. Madame Spell aimerait que je fasse plus de salé et moins de viennoiseries...

— Non ! s'écria-t-il, un peu trop vivement.

Elle ouvrit des yeux ronds.

— Pardon, c'est juste que ces brioches... Je n'avais jamais rien mangé de meilleur.

Un sourire se dessina sur ses jolies lèvres. Des images apparurent soudain dans son esprit, et il se vit en train de la manger, elle. Il sentit son bas-ventre chauffer et lutta contre une envie soudaine de la plaquer contre les buissons et de l'embrasser passionnément jusqu'à ce qu'elle soit hors d'haleine.

— C'est bon à savoir, dit-elle. Alors, qu'est-ce que tu attends ?

Putain, pouvait-elle lire dans ses pensées ? Était-elle plus qu'une simple humaine ? Pourtant, il ne décelait aucune odeur surnaturelle dans son parfum.

— Bon, alors ? lâcha-t-elle en croisant les bras avec impatience.

— Oui, oui. Je m'y mets.

Merde, il était complètement à côté de la plaque. Il masqua une grimace et essaya de se concentrer sur le gâteau. Étrangement, il n'arrivait pas à cesser de penser à la femme à côté de lui.

— Je suis Killian, dit-il en lui tendant la main.

— Juste Killian ?

— Killian Black.

Il commençait à se sentir un peu ridicule avec sa main tendue en l'air.

— Lilliana Beckway, finit-elle par répondre en la serrant.

Un éclair de chaleur se propagea de ses doigts jusqu'à sa poitrine, et descendit jusqu'à son entrejambe. En voyant les yeux de Lilliana s'agrandir, il sut qu'elle avait ressenti la même chose. Elle retira vivement la main.

— Le gâteau, dit-elle en le désignant du menton. Je suis curieuse d'avoir ton avis.

Pourquoi son corps réagissait-il ainsi à cause d'une humaine ? Il n'y comprenait rien.

— D'accord. Mais je n'ai rien pour le couper.

Il avait un couteau dans sa botte, mais la dernière fois qu'il s'en était servi, c'était au cours d'une mission ; il était probablement encore taché de sang. Le sang et le sucre ne faisaient pas bon ménage.

— Tiens.

Elle sortit un couteau à dents de la poche arrière de son jean.

— Tu as toujours une arme sur toi ? demanda-t-il, soudain méfiant.

— Juste quand je m'apprête à aller en cuisine. Je prépare le dîner ce soir, je dois couper des légumes.

Il hocha la tête en acceptant le couteau et plongea lentement la lame dans les couches du gâteau. Alors qu'il en coupait une fine tranche, il sentit des arômes de cannelle, de sucre et de banane.

— Je ne m'attendais pas à ce qu'il contienne des fruits, dit-il.

— Tu n'as jamais goûté de gâteau colibri ?

— Non.

— Tu pensais qu'il y avait des oiseaux dedans ? demanda-t-elle avec un sourire.

— En fait, je n'étais pas sûr. Mais ça avait l'air tellement bon que je me fichais de ce qu'il contenait, même si c'étaient des corbeaux.

Elle éclata de rire, et la tension entre eux s'évanouit.

Il porta la part de gâteau à ses lèvres. Les saveurs emplirent toute sa bouche dès la première bouchée.

— Alors ?

Tandis qu'il mâchait soigneusement, il mordit tout à coup dans quelque chose de dur. Le goût sucré disparut, cédant le pas à l'amertume. Il grimaça et courut cracher le gâteau dans le buisson le plus proche.

Il s'essuya les lèvres du revers de la main avant de se retourner vers Lilliana. Elle le foudroyait du regard.

— Bon, ça ne t'a pas plu.

Il secoua la tête.

— Je ne sais pas ce qu'il y a dans ce gâteau, mais ce n'est pas comestible.

— Qu'est-ce que tu en sais ? Tu n'es pas un expert.

Elle se retourna, ses poings serrés contre ses flancs, et s'éloigna vers la maison en grommelant dans sa barbe, assez fort pour qu'il l'entende.

— Super. Maintenant, elle me déteste.

Killian ramassa la boîte du gâteau et la jeta dans une poubelle près d'un des chalets.

CHAPITRE 9

Barrett attendit que Killian décroche en tapotant ses doigts contre le bureau. Le loup répondit juste au moment où il s'apprêtait à raccrocher.

— Allô ?

— Pourquoi tu as mis si longtemps à décrocher ? Tu avais la tête au fond d'un sac de donuts ? lâcha Barrett d'un ton agacé.

— Plutôt au fond d'une boîte de gâteau, marmonna Killian.

— Quoi ? demanda Barrett, avant de soupirer. Peu importe. Tu as découvert quelque chose sur la pâtisserie de Natchez ?

— J'ai découvert que leurs gâteaux sont dégeus.

— Quoi d'autre ? Tu n'as rien remarqué de suspect ? Tu as fait le tour de leur cuisine ? D'après toi, est-ce qu'ils vendent de la drogue sous le comptoir ?

Barrett se frotta le front. Il sentait le début d'une migraine pointer son nez.

— Je suis entré dans la boutique, j'ai fait le tour et j'ai acheté un gâteau. Ce que je regrette amèrement.

— Tu n'as fait aucun repérage, dit Barrett en essayant de ne pas laisser éclater sa colère.

— Tu ne peux pas plutôt demander à un des Gardiens de le faire ? Et quand vous aurez trouvé le coupable, je l'assassinerai. C'est plutôt mon crédo.

— Killian, gronda son chef de meute. Je comprends que du temps de Boudier, les Assassins de Louisiane étaient des tueurs à gages...

— Oui, confirma Killian avec une joie évidente.

Barrett ferma les yeux et compta jusqu'à dix.

— Mais je ne suis pas Boudier. J'aime avoir toutes les informations avant de me mettre à buter des gens au hasard.

— Je sais. Je te préfère largement à Boudier, tu peux me croire. C'est juste que je suis Assassin depuis tellement longtemps que je ne sais rien faire d'autre.

C'était le problème. Barrett voulait que les Assassins voient une autre facette de la vie et oublient comment les choses se passaient quand ils obéissaient à leur ancien chef.

— Retourne à la pâtisserie de Natchez et fais de la vraie reconnaissance.

— Bien, chef.

— Et, Killian ? N'achète plus de gâteaux, lâcha Barrett avant de mettre fin à l'appel.

CHAPITRE 10

*L*illiana essuya ses mains sur son jean après avoir fini d'ajouter les derniers épices à sa soupe. Au départ, seulement six clients avaient réservé pour le dîner, mais quelqu'un s'était inscrit à la dernière minute, faisant augmenter le nombre de convives et son niveau de stress.

— Vous pouvez servir l'entrée pendant que je prépare le plat principal, dit-elle à Mme Spell. J'espère que les hôtes comprendront qu'il faudra attendre une vingtaine de minutes. De nos jours, les gens ne prennent plus le temps de savourer leurs repas.

— Ne t'inquiète pas, ma chère. Je leur ferai la conversation. Surtout à cet homme si séduisant.

— Lequel ? demanda-t-elle en levant brusquement la tête.

— Celui qui ressemble à une rockstar, répondit la femme avant de secouer ses sourcils gris.

— Killian.

Elle se renfrogna. Elle avait immédiatement compris de qui parlait Mme Spell.

— Oui, confirma-t-elle avec un large sourire. Je vois que

tu l'as rencontré. Il est vraiment mignon, tu n'es pas d'accord ?

— Je le trouve malpoli, et il n'a aucun palais. Il préfère probablement manger des pâtisseries industrielles de station-service et s'imagine que c'est de la pâtisserie fine.

Elle posa des filets dans la poêle chaude avec une expression contrariée.

Heureusement, tous les convives souhaitaient une cuisson bleue ou saignante ; les steaks ne prendraient pas trop longtemps. Elle avait déjà préparé les pommes de terre en robe de chambre et les épinards sautés au parmesan. Il ne lui restait plus qu'à les réchauffer.

— C'est un homme, ma chère. Ils adorent tous les produits de station-essence, dit Mme Spell en sortant des assiettes creuses. Et puis, après avoir goûté ton dessert ce soir, il sera un nouvel homme.

Elle emporta les premières assiettes de soupe dans la salle à manger.

— S'il a détesté mon gâteau colibri, il aura horreur de ma crème brûlée, grommela Lilliana.

Un peu plus tard, Mme Spell rapporta les assiettes vides empilées sur un plateau.

— Ta soupe aux oignons a eu un franc succès. Personne n'en a laissé une goutte, et même la dame qui disait ne pas aimer les oignons a tout mangé.

— Tant mieux.

Sentant la tension libérer ses épaules, elle finit de disposer la garniture dans les assiettes et recula pour admirer son travail.

— Oh, Lilliana. Ça a l'air délicieux. Quelle odeur succulente ! s'exclama Mme Spell en lui tapotant le dos. J'ai vraiment bien fait de t'engager. Monmouth n'a jamais eu autant de monde que depuis que tu es là.

— J'en suis heureuse.

Elle sourit à la vieille dame. Mme Spell lui avait donné une chance quand personne d'autre n'était prêt à le faire. Le salaire n'était pas terrible, mais elle était logée gratuitement. De plus, elle la laissait utiliser la cuisine de l'auberge pour préparer les gâteaux pour la pâtisserie de Natchez.

Elle fit caraméliser le sucre sur le dessus des crèmes brûlées. Les desserts étaient ce qu'elle préférait préparer par-dessus tout. Elle avait l'impression que transformer des ingrédients en quelque chose de savoureux et réconfortant était sa vocation.

Certaines personnes soignaient grâce à la médecine. Elle préférait faire du bien au monde avec des desserts.

Une fois que Mme Spell eut emporté les ramequins dans la salle à manger, Lilliana sortit un verre à pied d'un placard et la bouteille de Malbec qu'elle avait achetée dans la journée. Elle déboucha la bouteille et se servit une généreuse dose de vin dans le verre en cristal.

Elle but une gorgée et ferma les yeux. Le liquide coula dans sa gorge en une délicieuse harmonie de saveurs.

Des rires en provenance de la salle à manger lui parvinrent dans la cuisine. Elle avait fait du bon travail ce soir. Les clients étaient contents.

Elle devrait donc être contente, elle aussi.

Emportant verre et bouteille, elle sortit de la cuisine par la porte donnant sur le jardin.

Après cette belle journée de printemps, le ciel était d'un noir d'encre. Une odeur agréable de chèvrefeuille flottait dans l'air frais.

Elle s'enfonça dans le jardin en suivant un chemin de pierres et s'arrêta au milieu de la cour. Elle s'assit sur un banc, posa la bouteille à côté d'elle puis but une gorgée de vin en regardant l'eau bouillonner dans la fontaine.

— Tu veux de la compagnie ?

Une voix grave brisa le silence de la nuit. En voyant

Killian apparaître sur le chemin en face d'elle, elle sentit son cœur s'accélérer.

— Pas vraiment.

Elle avait envie d'ignorer l'homme séduisant, mais c'était impossible. Elle se répéta qu'elle lui en voulait d'avoir recraché son gâteau.

Elle vit son corps massif approcher, et il s'assit près d'elle en étirant ses longues jambes.

Il portait un jean noir et des bottes de moto, une veste en cuir noir et un T-shirt de la même couleur. Même ses cheveux longs étaient noirs, et ses yeux gris pénétrants la fixaient.

— Madame Spell dit que c'est toi qui as préparé le dîner ce soir. Je te cherchais pour te dire que c'est le meilleur repas que j'aie jamais mangé.

— Même le dessert ? demanda-t-elle entre ses dents.

— Surtout le dessert. Et je suis expert en desserts, ajouta-t-il avec un sourire.

Elle sentit son cœur caracoler de plus belle et sa respiration s'affoler. Elle essaya de prétendre que son corps réagissait de la sorte parce qu'elle était en colère contre lui, et non parce que ce séduisant enfoiré l'excitait.

— Vraiment ?

Elle s'accrochait de toutes ses forces à sa colère, se rappelant comment il avait recraché le gâteau colibri, mais il était si proche d'elle que son odeur faisait des ravages dans son bas-ventre.

— C'est un fait avéré, dit-il avant de soulever la bouteille de vin avec un sourire renversant. On partage ?

Elle détourna la tête et ferma les yeux quelques secondes. Plus il souriait, plus elle avait envie de faire... des choses. Ce qui ne lui était plus arrivé depuis longtemps.

— Sers-toi. Mais je n'ai qu'un seul verre.

— J'ai tout prévu. Je suis passé par la cuisine quand je t'ai vue sortir dans le jardin, dit-il en sortant un verre à pied de la poche de sa veste.

— Tu m'observais ?

Elle déglutit. Ça faisait bien longtemps qu'elle ne s'était pas sentie aussi attirée par un homme. Cependant, les abrutis ne lui avaient encore jamais fait de l'effet.

Elle devrait sortir davantage, se faire embrasser plus souvent. Ça calmerait peut-être sa libido hors de contrôle.

Il soutint son regard et elle sentit son bas-ventre frémir.

— Bien sûr que je t'observais. Une belle femme comme toi. Je parie que tu as une tonne d'admirateurs.

Il plissa les yeux, comme si l'idée ne lui plaisait pas. Pas du tout.

Sans qu'elle comprenne pourquoi, Killian lui faisait perdre ses moyens. Elle n'avait jamais manqué de jugeotte. Elle avait eu des petits amis quand elle avait trouvé le temps, mais jamais de relation sérieuse.

C'était ce qui lui convenait. Elle avait des objectifs et des rêves, et n'avait pas besoin d'un homme pour se sentir épanouie.

Encore moins d'un canon comme Killian. Elle avait appris cette leçon à travers sa mère.

Faire des études. Suivre ses rêves. Être indépendante. Mais surtout, ne jamais, jamais dépendre d'un homme.

Cependant, elle n'avait jamais été instantanément attirée par un homme avant Killian. Elle se leva après s'être raclé la gorge.

— Merci pour ton compliment sur le dîner. Passe une bonne fin de soirée.

Elle voulut le contourner, mais il lui attrapa le coude.

Elle cessa de respirer.

— J'espérais...

Il ne termina pas sa phrase. Elle remarqua que ses pupilles

étaient dilatées. Un courant électrique la traversait à nouveau, partant de là où il la touchait.

Elle sentit le désir battre dans ses veines. Sa respiration s'accéléra.

Il lâcha son coude, tendit le bras et replaça une mèche de cheveux derrière son oreille. Sa main s'attarda dans sa chevelure, puis il toucha sa joue du bout des doigts.

— Ton odeur est délicieuse.

Elle sentit son ventre s'échauffer et commencer à pulser doucement. Elle prit une profonde inspiration. L'odeur de Killian l'appelait ; elle ne put s'empêcher de se pencher vers lui.

Toute colère ou fierté était oubliée, remplacée par un désir incontrôlable.

Il posa son autre main sur sa hanche et l'attira dangereusement plus près de son corps conçu pour le péché. Comme animées d'une volonté propre, elle vit ses mains se poser sur ses bras et remonter en suivant la courbe de chaque muscle.

Il poussa un grondement grave et pencha la tête.

— Qu'est-ce qu'on est en train de faire ? murmura-t-elle.

— Ce dont on a envie.

Il couvrit sa bouche de la sienne et lui donna un baiser torride.

Elle ouvrit les lèvres pour accueillir sa langue. On ne l'avait pas embrassée depuis bien longtemps, et jamais ainsi.

Ses mains remontèrent au-delà de ses épaules et plongèrent dans ses cheveux longs. Elle ne put retenir un gémissement en sentant sa langue danser avec la sienne, et s'abandonna à ce baiser passionné sans conséquences.

Elle les imagina soudain nus, en train de glisser l'un contre l'autre jusqu'à ce qu'ils soient trempés de sueur et ivres de désir. Il posa sa bouche dans son cou.

— Encore. J'ai besoin de plus, souffla-t-elle en ramenant ses lèvres contre les siennes.

Il pressa son érection contre son entrejambe et la souleva en glissant ses deux mains sous ses fesses. Elle enroula ses jambes autour de sa taille fine sans cesser de l'embrasser.

Il recula la tête pour la regarder droit dans les yeux. Il haletait, ses yeux gris presque entièrement noirs de désir.

— Putain, tu es tellement belle.

Elle se sentit trembler et attira à nouveau sa bouche contre la sienne. Elle noua ses chevilles derrière sa taille pour se déhancher contre son érection. Le plaisir déclencha des picotements dans le creux de ses reins.

— Je sais ce qu'il te faut, dit-il en pressant son dos contre le mur en briques du jardin et en faisant onduler ses hanches contre elle.

Envahie par les sensations, elle sentit sa tête partir en arrière et reposer contre le mur.

— C'est agréable, chérie ? demanda-t-il avant d'embrasser la zone sensible dans sa gorge. Je veux te faire du bien.

— Oui, souffla-t-elle en plantant ses ongles dans ses épaules. S'il te plaît. Encore.

Avec un grondement, il enfouit sa tête dans son cou.

Un orgasme puissant la traversa soudain de la tête aux pieds, elle sentit son entrejambe devenir trempé et brûlant alors que le plaisir s'emparait de toutes les cellules de son corps. Killian se balança contre elle tandis qu'elle frissonnait, toujours aux prises avec les vagues d'extase.

Il mordilla son cou et continua ses mouvements jusqu'à ce qu'il atteigne l'orgasme à son tour. Il se mit à haleter, et son haleine tiède la chatouilla lorsqu'il laissa des petits baisers dans son cou et sur sa joue. Il reposa doucement ses pieds par terre et la laissa s'accrocher à lui en attendant qu'elle puisse tenir debout.

CHAPITRE 11

Killian essaya de calmer sa respiration. Ils n'avaient même pas couché ensemble, mais ils avaient réussi à jouir tous les deux.

Étrangement érotique. Ils étaient de parfaits inconnus, pourtant il avait l'impression de l'avoir connue toute sa vie.

— C'était... inattendu, reconnut-elle.

— Vraiment ? J'ai envie de toi depuis la première fois que je t'ai vue.

Il ne pouvait pas mentir. Il avait l'impression qu'elle pouvait voir son âme.

— Je ne fricote pas avec les mecs qui n'aiment pas ma cuisine, d'habitude. C'est un de mes principes, dit-elle en secouant la tête.

— Quoi ? Je t'ai dit que j'adorais ta cuisine.

Il fronça les sourcils. De quoi parlait-elle ?

— Ce soir, oui, mais tu as recraché...

Elle tourna la tête en entendant des voix en train de s'approcher. Elle s'écarta de lui et se recoiffa à la hâte.

— Je dois y aller. J'ai encore des gâteaux à préparer pour les livrer demain matin.

Elle commença à s'éloigner avant qu'il ne puisse la retenir.

— Killian, vous voilà, dit Bruce Davis avec un grand sourire en faisant remonter ses grosses lunettes sur son nez.

Son épouse Mattie l'accompagnait, un bras passé sous le sien, et sirotait un verre de xérès.

— Vous avez disparu juste avant le digestif, dit cette dernière en levant son verre. J'ai rarement mangé un repas si succulent, et encore moins en si bonne compagnie.

— Oui, oui, Mattie, je suis bien d'accord. On ne mange certainement pas comme ça à Philadelphie, renchérit Bruce en tapotant la main de sa femme.

— C'était probablement le meilleur repas de ma vie, à moi aussi.

Killian se passa la main dans les cheveux en jetant un regard en coin dans la direction où avait disparu Lilliana. Il n'arrivait pas à la cerner. L'alchimie sexuelle entre eux avait été incroyable, mais l'instant d'après, il avait eu l'impression qu'elle ne l'appréciait pas beaucoup.

Il n'était pas habitué à rencontrer ce genre de problèmes avec les femmes.

— Madame Spell nous a dit que la jeune cuisinière a étudié dans une école gastronomique et détient un diplôme d'une grande école de pâtisserie française, dit Mattie.

— Un excellent investissement, à mon humble avis.

Bruce hocha la tête. Killian sourit affablement au couple.

— Oui, je suis bien d'accord. Si vous voulez bien m'excuser, j'ai encore une chose à faire avant d'aller au lit.

Ils le saluèrent alors qu'il s'éloignait vers sa moto.

Il devait aller faire le tour de la pâtisserie de Natchez pendant ses heures de fermeture. Barrett comptait sur lui.

Il était doué pour éliminer les criminels, mais pour l'instant, ce n'était qu'une mission de repérage.

CHAPITRE 12

Killian fixait la porte arrière de la pâtisserie de Natchez, appuyé contre sa Harley. Le magasin fermait à vingt-et-une heures, mais les employés étaient restés jusqu'à environ vingt-trois heures. Une voiture était toujours garée sur le parking et une lumière était allumée à l'intérieur du bâtiment.

Il croisa les bras et tenta d'arrêter de penser à Lilliana, mais son beau visage crispé par le plaisir n'arrêtait pas d'apparaître dans son esprit. Il sentait son sexe gonfler chaque fois qu'il se rappelait les petits bruits qu'elle avait faits en jouissant entre ses bras.

Il se redressa quand la porte s'ouvrit. En restant hors du cercle de lumière des lampadaires, il avança dans l'obscurité.

Un homme de grande taille à l'allure dégingandée regarda aux alentours et sortit dans la ruelle. C'était lui qui lui avait vendu le gâteau la veille. Il coinça une valise sous son bras et verrouilla la porte derrière lui avant de se hâter vers la voiture et de se glisser à l'intérieur. Même à cette distance, Killian put entendre distinctement les portes du véhicule se verrouiller.

La voiture s'éloigna bientôt. Killian attendit que les phares rouges aient disparu au bout de la rue pour se décoller de sa moto.

— Il avait l'air stressé, pour quelqu'un qui quitte le travail, dit-il d'un ton songeur.

Il s'approcha de la porte et sortit des outils de crochetage. Il ne lui fallut pas longtemps pour venir à bout de la serrure. Il entra dans la pâtisserie en restant sur ses gardes au cas où une alarme serait en place, bien qu'il n'en ait repéré aucune.

Le bâtiment était vieux, probablement inscrit sur la liste des bâtiments historiques. C'était peut-être pour ça qu'il n'était pas équipé d'alarmes. Il traversa la cuisine professionnelle. Les équipements en inox, les marmites et le vaste comptoir en acier étaient propres, et tous les ustensiles étaient rangés à leur place.

Des odeurs de sucre et de cannelle qui flottaient dans l'air lui évoquaient Lilliana.

Il entra dans le petit bureau attenant à la cuisine, qui ne contenait qu'un vieux bureau en bois et une chaise au dossier rigide. Il fit le tour du bureau et s'assit sur le siège. Il essaya d'ouvrir le tiroir du haut, mais il était fermé. Il ressortit ses outils et se mit au travail. La serrure céda au bout de quelques minutes.

Le tiroir ne contenait qu'une clé.

— Super, soupira-t-il en la prenant.

Il essaya le tiroir suivant. Étonnamment, celui-ci n'était pas verrouillé. Il en sortit divers documents et les examina, à la recherche de la moindre activité suspecte. C'étaient surtout des reçus et des listes de commandes pour différents clients. Il remarqua plusieurs factures pour une personne qui commandait toujours la même chose.

Ce client était surnommé *Le biker*. Il réglait toujours en liquide, et achetait toujours un gâteau colibri.

— Pourquoi est-ce qu'il prend toujours ça ? C'était dégueulasse.

Il retroussa la lèvre en se souvenant la forte amertume qui avait suivi le goût sucré.

Il remit les documents à leur place et fit le tour de tout le magasin pour essayer de trouver ce que la clé pouvait ouvrir.

Heureusement, aucune lumière ne restait allumée dans la pâtisserie la nuit, ce qui lui permit de se déplacer discrètement sans être vu par les voitures qui passaient dans la rue.

Il s'arrêta devant la vitrine. Les muffins et les cookies avaient tous été retirés et les étagères étaient propres. En revanche, le présentoir où s'était trouvé le gâteau colibri ne semblait pas avoir été nettoyé du tout.

Il passa derrière le comptoir, ouvrit le panneau de la vitrine et passa la main à l'intérieur pour ramasser du glaçage blanc sur son doigt. Il le porta vers sa bouche pour le goûter, mais se ravisa. Une faible odeur amère flotta jusqu'à ses narines. Il renifla le glaçage et plissa les yeux.

Ça sentait le produit nettoyant.

— C'est peut-être pour ça que le gâteau était immangeable. Un peu de produit resté sur le présentoir a dû imbiber le gâteau.

Il referma la vitrine et essuya son doigt sur une serviette en papier qu'il jeta dans une poubelle avant de consulter l'heure. Il envisagea un instant de garder la clé, mais le propriétaire s'apercevrait sûrement de son absence. Il n'avait pas encore trouvé quoi que ce soit de suspect, aussi il ne voyait pas l'intérêt de la prendre. Il se tourna vers le bureau et s'arrêta net. Un mouvement à l'extérieur attira son attention. Il se plaqua contre le mur et regarda par la fenêtre.

Une forme s'approcha lentement et s'arrêta devant la boutique. Une femme, d'après ses formes et la longue chevelure noire qui dépassait de la capuche de son sweatshirt. Elle approcha son visage de la vitrine et mit ses mains autour de sa tête pour essayer de voir à l'intérieur.

Il resta stupéfait. Lilliana.

C'était bien elle, en train d'essayer de distinguer l'intérieur du magasin. Son regard renfermait de la tristesse. Elle finit par s'écarter de la vitre et baissa la tête en serrant ses bras autour de son corps.

On aurait dit que quelqu'un venait de frapper son chiot. Killian sentit son cœur se serrer en la regardant s'éloigner à pas lents.

CHAPITRE 13

Il alla rapidement ranger la clé dans le tiroir et sortit par la porte arrière. Il prit soin de la rever-rouiller avant de revenir vers l'avant de la pâtisserie en courant.

— Lilliana, attends !

Elle se retourna quand il arriva à sa hauteur.

— Qu'est-ce que tu fais ici ? Tu m'espionnes encore ? demanda-t-elle en plissant ses beaux yeux verts.

Recevoir ses regards noirs ne le dérangeait pas. Ça signifiait qu'il se trouvait en sa présence.

— Quoi ? Non, dit-il en se passant la main dans les cheveux.

— Alors, explique-moi ce que tu fais ici à une heure pareille ?

Elle inclina la tête sur le côté en attendant sa réponse. Il lui fit un large sourire et fourra ses mains dans ses poches.

— Je pourrais te poser la même question. C'est dangereux de traîner ici en pleine nuit.

— Killian, soyons francs. Ce qui s'est passé tout à l'heure était une erreur.

Il fit un pas vers elle et saisit une mèche de ses cheveux entre ses doigts.

— Ça n'avait vraiment pas l'air d'être une erreur. Ça avait l'air... parfait.

— Je suis sûre que tu dis ça à toutes les filles.

Elle s'écarta pour libérer ses cheveux, et il perdit son sourire.

Un pli lui barra le front. En effet, il lui arrivait de faire des compliments aux femmes, mais ce qu'il ressentait pour elle était différent. Pourtant, elle était humaine. Ça lui faisait un peu peur.

— Pas du tout.

— Vraiment ?

Il la regarda fixement, mains sur les hanches.

— Dis-moi quelque chose, Lilliana.

— Quoi ?

— Pourquoi est-ce que tu semblais avoir envie de partager un moment intime avec moi, mais que dès la seconde où c'était terminé, tu t'es comportée comme si tu ne me supportais pas ?

Elle tourna brusquement la tête vers lui.

— Je ne fais pas ce genre de choses, d'habitude, murmura-t-elle comme si elle craignait que quelqu'un l'entende.

— Tu ne fais pas quoi ? Détester un inconnu, ou te frotter contre lui ? demanda-t-il avec un sourire.

— Tu es un salaud, grommela-t-elle en serrant les poings.

— Mais un salaud mignon, pas vrai ?

Sa mâchoire se décrocha, mais elle se reprit rapidement et pinça les lèvres. Il se passa ensuite une chose inattendue . Elle laissa échapper un petit rire.

Il s'esclaffa doucement à son tour.

— Je suis désolée, dit-elle en secouant la tête avant de sortir un jeu de clés de son sac. Je ne voulais pas te sauter dessus comme ça dans le jardin. Je suppose que j'avais besoin de relâcher un peu la pression.

— Je ne me plains pas. N'hésite pas à m'utiliser pour décompresser quand tu veux.

Il détourna les yeux et hésita un instant avant d'ajouter :

— Pour être honnête, je ne fais pas ça non plus, d'habitude. Je veux dire, en général, on va dîner d'abord, on boit un verre...

— Techniquement, tu as fait les deux.

— Ouais, j'imagine que c'est vrai.

Elle était belle, intelligente et drôle. Une combinaison rare à trouver.

— Alors, pourquoi on dirait que tu me détestes ? demanda-t-il en la regardant à la dérobée.

— Ah, ouais... Je suis désolée. Je suis assez susceptible dès que ça concerne ma cuisine, et quand quelqu'un n'aime pas mes créations, je le prends mal. Mais les gâteaux colibri ne sont pas au goût de tout le monde.

— Les gâteaux colibri ? répéta-t-il avec une légère inquiétude.

— Oui. Je confectionne des gâteaux et des tartes pour la pâtisserie de Natchez. Le gâteau colibri que tu as recraché en faisait partie, expliqua-t-elle en rougissant.

— Je croyais que la pâtisserie produisait tout sur place.

Il sentit un frisson désagréable remonter le long de sa colonne vertébrale.

— Ils en confectionnent une partie, les produits plus petits comme les cookies et les muffins. Je réalise les pièces plus grosses. Je ne travaille pour eux que depuis un an, ça me permet de gagner un peu plus d'argent. Ma mère a dépensé toutes les économies censées assurer sa retraite pour m'envoyer en école de cuisine, et je compte bien la rembourser, dit-elle avant de pousser un soupir. Je suis sortie de l'école il y a trois ans, et je pensais que je gagnerais déjà plus.

— Alors, c'est toi qui as fait le gâteau colibri ?

— Oui.

— Mais c'est impossible. Il avait un goût amer. Rien à voir avec les autres pâtisseries de ton cru que j'ai goûtées.

— Amer ?

Elle fronça les sourcils et secoua lentement la tête.

— Non, impossible. Je ne mets jamais rien d'amer dans mes gâteaux. Surtout pas dans un gâteau colibri. Il y a de la cannelle, du sucre, des bananes...

— Un produit a peut-être été renversé accidentellement sur ton gâteau à la pâtisserie pendant le nettoyage des étagères, suggéra-t-il.

— Peut-être.

Semblant peu convaincue, elle regarda l'heure sur son téléphone.

— Je dois rentrer, j'ai encore du travail. La pâtisserie m'a appelée pour doubler sa commande de gâteaux colibri pour demain. Ça va me prendre toute la nuit.

Elle repoussa les cheveux devant ses yeux et leva la tête vers le ciel étoilé, un petit sourire flottant sur ses lèvres.

— Tu sais, j'adore les nuits comme ça. On sent le printemps dans l'air, ça m'évoque le renouveau, la lune et un ciel rempli d'étoiles.

— Si tu veux, je pourrais te donner un coup de main. Je me débrouille en cuisine.

Lorsqu'elle baissa la tête et rencontra son regard, ses joues s'empourprèrent. Il sentit la chaleur l'envahir.

— On pourrait se partager le travail. Je peux faire cuire les gâteaux. Par contre, ajouta-t-il en levant les mains, je suis incapable de les décorer. C'est pas mon truc.

— Tu es sûr que tu n'as rien d'autre à faire ce soir ? demanda-t-elle, avant de regarder autour d'elle sur le parking vide. Qu'est-ce que tu faisais ici, au fait ? Tous les commerces dans ce quartier ferment vers neuf heures, et il n'y a pas un seul bar à la ronde.

— J'avais juste envie de rouler un peu à moto, dit-il en la montrant du doigt. Je me suis retrouvé ici.

— Alors, la Harley-Davidson Breakout garée à Monmouth est à toi ? J'aurais dû m'en douter.

Elle mit les mains dans ses poches. Une légère brise se leva autour d'eux, faisant voleter quelques mèches de ses cheveux. Son parfum sucré flotta jusqu'à ses narines, et il sentit des picotements parcourir tout son corps. Il laissa échapper un grondement bas.

— Tu es sûr que c'est une bonne idée, toi et moi seuls dans une cuisine ?

— J'imagine que tu me demandes si on ne va pas finir à poil, dit-il en souriant.

Elle rougit et détourna les yeux.

— Lilliana, j'ai compris que c'était important pour toi de livrer ces gâteaux. Même si j'ai très envie de te faire l'amour, et cette fois, sans vêtements, je te promets de tenir ma libido en laisse pendant qu'on est en cuisine. C'est promis, dit-il en lui tendant la main.

Après une infime hésitation, elle la serra.

— Génial. Je te retrouve à l'auberge.

Il la regarda monter dans sa voiture et s'éloigner dans la nuit avant de rejoindre sa moto.

La nuit allait être longue, à essayer de rester concentré sur des gâteaux au lieu de penser à la femme qui obnubilait ses pensées.

CHAPITRE 14

*H*eureusement, la cuisine de Monmouth avait un double four. Ce qui aurait pris à Lilliana toute la nuit à cuire et à décorer fut fait en trois heures. Pendant qu'elle apportait les touches de décoration finale aux six gâteaux, Killian nettoya la cuisine.

Elle n'aurait jamais pensé qu'un homme pouvait être attirant en faisant le ménage, mais Killian était en train de la faire changer d'avis.

Elle l'observa discrètement. Ses muscles secs harmonieusement répartis ondulaient alors qu'il séchait le saladier d'un mixeur.

— Je crois que j'ai tout nettoyé, dit-il en regardant autour de lui avant de se tourner vers elle. Je n'ai rien oublié ?

Elle acheva de glacer le dernier gâteau, et répondit après avoir jeté un coup d'œil à la cuisine :

— Non, je crois que c'est tout. Merci. C'est vraiment gentil d'avoir nettoyé. Préparer le petit-déjeuner demain matin sera un plaisir au lieu d'une corvée.

— Aucun problème.

Il lui décocha l'un de ses sourires capables de faire fondre une petite culotte.

Elle sentit son bas-ventre frémir et détourna la tête avant de se retrouver à nouveau sous son charme. Elle devait se concentrer. Les hommes comme Killian ne se mettaient jamais en couple avec les filles comme elle.

— Il est presque quatre heures. Désolée de te faire veiller si tard.

— Ça ne me dérange pas, je n'avais rien de mieux à faire. Je suis en vacances, en quelque sorte.

— Alors, qu'est-ce que tu fais ? Tu sais, dans la vie ?

Elle plaça avec délicatesse le dernier gâteau colibri dans sa boîte.

— Tu n'as pas vraiment l'air du genre de personne à venir passer un séjour dans une ancienne plantation coloniale reconvertie en auberge.

— Ce n'est pas mon premier séjour dans une maison d'hôtes. En fait, j'en connais une très mignonne dans la montagne, à la sortie d'Eureka Springs, dit-il avec un petit rire.

— Vraiment ? Ça a l'air romantique. Tu as dû y aller avec une petite amie.

— Non. J'étais avec Brutus et...

Sa voix mourut dans sa gorge. Elle se tourna pour le regarder.

— Brutus ? Ça n'a pas l'air très féminin.

Merde. S'était-elle complètement trompée sur lui ? Mais alors, pourquoi s'étaient-ils caressés dans le jardin comme deux chiens en chaleur ?

— C'était pas romantique, dit-il en secouant la tête. Brutus est comme un frère. C'était un déplacement professionnel.

— Tu es dans quel secteur ? demanda-t-elle avant de

sourire. Tu sais, madame Spell n'arrête pas de dire à tout le monde que tu es une star célèbre.

Il fit la grimace.

— Je sais. J'aurais dû la corriger, mais au fond, j'aime bien ça.

— Tu aimes être quelqu'un d'autre pendant un moment ?

— Ouais, avoua-t-il en souriant.

— Moi aussi, j'aimerais bien être quelqu'un d'autre parfois.

— Pourquoi est-ce que tu souhaiterais ça ? Tu es en train de réaliser tes rêves. Tous les clients de Monmouth ne tarissent pas d'éloges sur ta cuisine, et tes créations ont un franc succès à la pâtisserie de Natchez.

— Pas exactement.

Elle poussa un gros soupir avant de continuer :

— La pâtisserie de Natchez ne met pas mon nom sur les gâteaux. Le patron ne veut pas que ses clients sachent qu'il ne vend pas uniquement des créations originales.

— Ça ne semble pas logique. Tant qu'il réalise des ventes, quelle importance, si les gâteaux ne sont pas produits sur place ?

— Je lui ai même proposé de venir travailler pour la pâtisserie à plein temps, mais selon lui, il n'a pas besoin d'un employé permanent. Il veut mes gâteaux, mais pas moi.

— C'est n'importe quoi, gronda Killian. Et tu ne peux pas arrêter de travailler pour lui parce que tu as besoin de l'argent pour rembourser ta mère.

— C'est ça. Il a même augmenté mon salaire. Je ne peux pas me plaindre. Et je ne peux pas refuser par fierté, dit-elle en alignant les boîtes de gâteaux. Ce n'est même pas si grave. Au fond, je crée des gâteaux, je fais ce que j'aime. J'en suis vraiment reconnaissante.

— Ce n'est pas juste. Les clients devraient savoir que c'est toi qui crées ces pâtisseries.

— La vie est injuste, dit-elle d'une voix douce en posant la main sur son bras. Mon heure viendra ; je dois juste être encore un peu patiente.

Il se retourna et la regarda dans les yeux.

— Tu ne devrais pas avoir à attendre pour faire ce que tu veux vraiment, dit-il en lui caressant la joue.

Elle sentit son cœur faire un soubresaut dans sa poitrine. Ses lèvres s'entrouvrirent et elle prit une petite inspiration en sentant une décharge électrique la traverser. Tout à coup, ses rêves et ses accomplissements n'avaient plus aucune importance. Il ne restait plus que son désir pour lui.

Il pencha la tête et l'embrassa. Ses lèvres bougèrent contre les siennes, doucement au début, puis devinrent bientôt plus exigeantes. Elle ouvrit la bouche, l'autorisant à l'embrasser avec plus de passion en enfonçant ses mains dans sa chevelure noire.

Après un moment, elle s'écarta pour plonger son regard dans ses yeux sombres.

— Je n'ai pas envie d'attendre, dit-elle en lui prenant la main pour l'entraîner dans le jardin.

CHAPITRE 15

*L*e cœur de Killian cognait contre ses côtes. Il laissa Lilliana le guider jusqu'à un petit chalet blanc derrière l'auberge.

Elle s'arrêta devant la porte et sortit une clé de sa poche. Il lui tendit la main.

— D'habitude, je ne ramène pas des inconnus dans mon lit, dit-elle en plaçant la clé dans sa paume.

Il sourit.

— Je ne suis pas un inconnu. On a déjà... fait connaissance.

Il déverrouilla la porte, s'écarta pour la laisser entrer la première et referma derrière lui avant de chercher l'interrupteur.

— Non, pas de lumière, dit-elle dans l'obscurité.

— Mais je veux te voir.

Il voulait admirer chaque centimètre de son incroyable beauté, la graver dans sa mémoire jusqu'à la fin de ses jours.

— Tu me verras.

Elle prit un briquet et se déplaça à travers la pièce pour

allumer des bougies sur la table de chevet, sur le comptoir de la kitchenette et le long de la petite cheminée.

Il fit le tour de la pièce des yeux. Les murs étaient recouverts de panneaux de bois, le plancher en parquet était d'origine et, à en juger par ses rayures, avait eu une longue vie. Le lit à baldaquin antique était surmonté d'une couette blanche moelleuse et de coussins gris. La cuisine était équipée d'un petit réfrigérateur, de plaques électriques et d'une machine à café de luxe. La cheminée datait de la construction du chalet et semblait toujours en état de marche. Un grand fauteuil était installé près d'une fenêtre aux vitres floues donnant sur le jardin. Des tableaux étaient encadrés sur les murs, apportant de la couleur. Bien que peu meublé, le chalet était accueillant.

Killian s'approcha dans le dos de Lilliana et enlaça sa taille. Elle poussa un soupir et se laissa aller contre lui.

Il enfouit son visage dans le creux de son cou. Elle prit ses mains et les guida sur son ventre, vers sa poitrine ferme.

Il frotta son érection contre ses fesses tandis que ses pouces décrivaient de petits cercles sur ses tétons par-dessus son soutien-gorge. Il mourait d'envie de les prendre dans sa bouche. Il était sûr que son goût était aussi délicieux que son odeur.

Elle se retourna pour lui faire face. Sous la lueur douce des bougies, elle avait tout d'un ange.

Son ange.

— Je veux te goûter, dit-il d'une voix rocailleuse.

Elle entrouvrit les lèvres, et il ne perdit pas un instant. Il colla sa bouche sur la sienne et sentit bientôt sa langue tiède glisser contre la sienne. Il poussa un grondement.

Cette humaine jouait avec le feu.

Il s'écarta pour lui enlever son haut. Ses mamelons gonflés sous son soutien-gorge rose semblaient l'inviter à les toucher. Il déboutonna rapidement le jean de Lilliana et le baissa sur ses chevilles en un éclair.

— Toi aussi, réclama-t-elle en commençant à lui retirer sa veste.

Elle souleva son t-shirt. Avec un sourire, il repoussa doucement ses mains, le fit passer par-dessus sa tête et le laissa rejoindre son jean sur le plancher. Quand elle tendit la main vers sa braguette, il ne fit rien pour l'arrêter. Elle ouvrit la fermeture éclair et baissa son jean sur ses hanches.

Elle rougit quand son érection apparut en tressautant.

— Je n'aime pas porter de sous-vêtements, expliqua-t-il avec un haussement d'épaule.

— Tant mieux. Ça facilite les choses.

Avec un sourire, elle serra sa main autour de son membre, se mit à genoux devant lui et le prit dans sa bouche.

CHAPITRE 16

*L*illiana caressa Killian avec sa langue sans détacher son regard du sien.

Même si elle n'avait pas connu énormément d'hommes, la taille de son sexe était impressionnante. Le désir se rassemblait lentement dans le creux de ses reins alors qu'elle imaginait comment ce serait de le sentir en elle.

— Doucement. Je veux que ça dure, gronda-t-il d'une voix autoritaire.

Ça l'excita encore plus. Elle lécha sa queue épaisse sur toute la longueur en faisant glisser ses doigts de haut en bas.

— Ça te plaît ?

— Oui, murmura-t-il en rassemblant ses cheveux dans son poing.

Elle le prit profondément en bouche en se délectant du goût viril de son désir jusqu'à ce qu'il la fasse lever avec un grognement.

— Ça suffit. C'est mon tour.

Sa bouche s'écrasa contre la sienne. Elle gémit sous la brutalité de son baiser. Il trouva l'attache de son soutien-gorge et le lui ôta rapidement. Ses grandes mains se posèrent sur sa culotte. Il glissa les pouces sous l'élastique et baissa le dessous en dentelle jusqu'à ce qu'il tombe par terre, puis il souleva Lilliana entre ses bras musclés et alla l'allonger sur le lit.

Il remonta lentement entre ses jambes, un lion devant sa proie. Après un dernier sourire torride, il enfouit son visage entre ses cuisses.

— Oh, mon Dieu !

Elle se cambra contre lui quand sa langue trouva son centre humide. Il décrivit des mouvements délibérément lents et minutieux.

— Tu as meilleur goût que tous les gâteaux que j'aie jamais mangés, lâcha-t-il avec un grognement satisfait.

— Killian.

Elle prononça son nom dans un souffle alors que le plaisir se rassemblait entre ses jambes. Son orgasme déferla sur elle comme un raz-de-marée, la laissant en train de convulser, ses ongles plantés dans le crâne de Killian.

Quand elle cessa de trembler, Killian se redressa et positionna son membre à l'entrée de son sexe brûlant. Elle prit son visage entre ses mains et l'attira pour l'embrasser.

Elle sentit son propre goût sur sa langue.

— Putain, tu es tellement belle, dit-il en la regardant dans les yeux.

Quelque chose lui serra le cœur. Elle essaya de se convaincre que ce n'était dû qu'au plaisir physique qu'ils partageaient, mais elle n'était pas stupide.

Elle savait ce qui se passait réellement.

Elle commençait à s'attacher à Killian.

Lorsqu'il la pénétra, elle frissonna de plaisir.

— C'est trop bon, murmura-t-il. Tu es parfaite.

Elle posa les mains sur ses larges épaules et s'accrocha à lui alors qu'il faisait des va-et-vient rapides en elle. Elle se cambra pour venir à la rencontre de chacun de ses coups de reins. Ils bougèrent ensemble, leurs corps couverts de sueur, chacun luttant pour ne pas s'abandonner au plaisir et pour faire durer le moment le plus longtemps possible.

Elle voulait prolonger cet instant, en avait besoin. Elle voulait se souvenir de chaque minute passée avec lui, pour se remémorer comment elle avait donné son cœur à un inconnu une fois devenue vieille.

— Lilliana, murmura-t-il en la regardant dans les yeux.

Elle frissonna violemment lorsqu'un nouvel orgasme la traversa. Il la garda serrée dans ses bras alors que le plaisir le submergeait également. Il jouit, profondément plongé en elle.

Il roula sur le dos et l'attira contre son torse. Ils restèrent ainsi plusieurs minutes, leurs caresses transmettant ce qu'ils ressentaient sans qu'aucun mot ne soit prononcé.

CHAPITRE 17

*K*illian se réveilla lorsque la lumière du soleil entra par la fenêtre du petit chalet. Il fut désorienté une seconde avant de se rappeler où il était.

Il avait dormi avec Lilliana. Dans son lit. Collé contre elle.

Un sourire satisfait se dessina lentement sur ses lèvres. Il se tourna pour la prendre dans ses bras, mais ne toucha que du vide. Il était seul dans le lit.

Un message portant son nom était posé sur l'oreiller. Il s'assit et déplia la feuille.

Killian, je suis allée préparer le petit-déjeuner pour les hôtes de Monmouth, et je dois livrer mes gâteaux ensuite. Je t'ai laissé des brioches à la cannelle près de la cafetière.

Bisous

Lilliana

Bisous ? Est-ce que ça signifiait qu'il lui plaisait, ou était-ce juste un salut amical ? L'avait-elle écrit par automatisme ou pour lui faire comprendre qu'elle ressentait quelque chose pour lui ?

— Pouah. Arrête tes conneries, Killian.

Il repoussa la couette, se leva et ramassa son jean sur le

plancher. Il l'enfila sans prendre la peine de fermer la braguette.

Il trouva la cafetière remplie et sourit devant l'assiette pleine de brioches qui l'attendait.

— Du sexe et du sucre. Mes deux trucs préférés, dit-il joyeusement en se servant une tasse de café.

Emportant l'assiette, il alla s'installer dans le fauteuil et commença à dévorer les viennoiseries à la cannelle.

Il jeta un œil au réveil sur la table de chevet. Presque neuf heures du matin. D'habitude, il se levait tôt, mais ils avaient baisé jusqu'à ce que le soleil se lève à l'horizon.

Il sourit en repensant à la nuit dernière.

Lilliana était aussi belle et sexy qu'il l'imaginait, et elle paraissait être en parfaite harmonie avec lui et ses envies. Elle faisait tout ce qui l'excitait, et même plus. Vu le nombre d'orgasmes qu'elle avait eus, il savait qu'il l'avait également satisfaite.

Il posa l'assiette vide, prit sa tasse de café et inspira profondément son odeur en regardant par la fenêtre. Le jardin était paisible, le seul mouvement provenant des colverts et des bernaches autour du petit étang, probablement à la recherche de nourriture.

Monmouth était un bel endroit. Le cadre romantique idéal pour un séjour en amoureux ou pour partir en lune de miel.

Il se frotta le menton. Lilliana était-elle allée livrer ses gâteaux ? Le petit-déjeuner serait déjà terminé à l'auberge. Elle était sans doute partie dès qu'elle avait fini de cuisiner pour apporter la commande à la pâtisserie avant son ouverture.

Alors qu'il la regardait faire cuire les gâteaux la veille, il avait pris la liberté de goûter le mélange dans le saladier : le goût était fantastique. Aucune trace d'amertume.

Il était sûr que du produit nettoyant avait été renversé

près du gâteau par erreur à la pâtisserie, lui conférant son goût atroce.

Il alla rincer la tasse et l'assiette dans la cuisine. Techniquement, il devait toujours faire du repérage à la pâtisserie de Natchez ; il décida de s'y rendre après s'être douché.

CHAPITRE 18

— *Je* crois que c'est trop, dit Lilliana avec un froncement de sourcils en découvrant la grosse liasse de billets dans l'enveloppe blanche.

Elle les recompta à nouveau.

— C'est une première, une femme qui n'aime pas l'argent, fit Emmet d'un ton moqueur en remontant ses lunettes sur son nez proéminent.

— Ce n'est pas une question d'aimer l'argent ou pas. Rassurez-vous, j'aime l'argent autant que n'importe qui, répondit-elle entre ses dents. Mais vous m'avez donné trop. Vous m'avez déjà augmentée, mais là, il y a quatre fois mon salaire habituel.

— Oui, en effet.

Il se leva de derrière son bureau, traversa la pièce et, après avoir regardé dans le couloir, ferma la porte. Lilliana sentit un frisson glacé remonter le long de sa colonne vertébrale.

Elle n'aimait pas son attitude. Elle se leva et se tourna vers lui.

— Qu'est-ce que vous faites ?

Il alla se rasseoir, semblant lui aussi un peu mal à l'aise.

— Tu as plus d'argent parce qu'il me faut plus de gâteaux colibri cette semaine.

— Combien de plus ?

— Environ une vingtaine tous les jours.

— Vingt ? Je ne peux pas faire vingt gâteaux par jour et les décorer tout en cuisinant à Monmouth.

— Et si tu ne les décorais pas ? On pourrait s'en occuper ici. Après tout, c'est juste du glaçage.

Elle masqua une moue. Ces gâteaux étaient des créations originales, pas des pâtisseries industrielles produites à la chaîne.

— Ce n'est pas seulement du glaçage.

— Lilliana, tu recevrais cette somme tous les jours. Prends-le en compte avant que ton cœur d'artiste t'empêche de faire preuve de bon sens.

— Tous les jours ? répéta-t-elle en écarquillant les yeux.

— Oui. Tous les jours.

Il lui fit un petit sourire alors qu'elle baissait les yeux sur l'enveloppe. Si elle arrivait à produire vingt gâteaux par jour pendant quelques mois, elle aurait assez d'argent pour rembourser intégralement sa mère. Merde, elle aurait peut-être même assez pour ouvrir sa propre pâtisserie quelque part.

— Qu'en dis-tu ?

— D'accord. Je veux bien le faire. Mais si vous vous occupez de la décoration, j'aimerais voir la recette que vous allez utiliser pour le glaçage.

— Pas de problème. Je t'apporte ça tout de suite.

Il se leva et sortit du bureau. Elle regarda à nouveau l'argent dans sa main. Une voix dans sa tête criait que c'était de l'argent facile, mais elle savait qu'une telle chose n'existait pas. Produire une vingtaine de gâteaux par jour allait monopoliser tout son temps. Du lever du soleil jusqu'à minuit, dès qu'elle ne serait pas en train de cuisiner pour les clients de l'auberge, elle devrait faire cuire des gâteaux. Elle déchira une feuille sur le cahier d'Emmet et nota les quantités d'ingrédients dont elle aurait besoin pour la production de la semaine.

— Et voilà, annonça Emmet à son retour en lui tendant une recette écrite sur une feuille cartonnée usée.

Elle était décolorée par le temps et tachée d'éclaboussures de ce qui semblait être du beurre fondu et du sucre glace.

— C'est une recette de cheesecake, dit-elle.

— Exactement ce que tu mets sur tes gâteaux colibri.

Il croisa les bras, un petit sourire flottant toujours sur ses lèvres. Elle se leva et ramassa son sac.

— Ouais. C'est à peu près ça.

— Alors, nous avons un accord ?

— Vingt gâteaux par jour, c'est énorme. Honnêtement, je ne pensais pas que vous aviez autant de demande.

— La plupart de nos clients viennent avant midi, dit-il en penchant la tête, sans parler des entreprises qui se fournissent chez nous. On fait beaucoup de livraisons. Et ton gâteau colibri est le dessert le plus populaire.

Elle ne répondit pas. Il haussa les épaules avant d'ajouter :

— Lilliana, je ne suis pas idiot. Tes gâteaux me rapportent beaucoup d'argent. Je suis prêt à te payer grassement pour que ça continue. Et puis, je ne rajeunis pas. Dans deux ou trois ans, je vendrai la pâtisserie, et j'aimerais voir une personne talentueuse et enthousiaste la reprendre.

Elle releva la tête, surprise.

— Vraiment ? Mais je croyais que vous aviez des difficultés à la faire tourner...

— Tu sais, le commerce est fait de hauts et de bas. Pour l'instant, c'est le haut de la vague. Et je bénéficie de tes talents de pâtissière. Voilà ce que je te propose : je te donne tes samedis et dimanches de repos. Tu n'auras à me livrer que du lundi au vendredi. Qu'en dis-tu ? demanda-t-il en lui tendant la main.

Elle regarda sa main tendue. L'envie de sceller l'accord était tentante. Elle avait connu des difficultés financières toute sa vie. Certaines personnes semblaient avoir ce qu'elles voulaient facilement, mais ce n'était pas son cas. Pour elle, tout était un combat.

La roue était-elle en train de tourner, et sa chance avec elle ?

Elle prit une profonde inspiration et serra la main d'Emmet Reece. Sa peau lui parut glacée contre la sienne, et elle dut se rappeler que c'était probablement parce qu'il était très mince. Malgré un mauvais pressentiment, elle se força à ne pas écouter ses doutes.

— Emmet, je pense que nous avons un accord. Avec le samedi et dimanche de repos.

— Parfait.

Il semblait satisfait en lui ouvrant la porte.

— Souviens-toi, ne t'embête pas avec le glaçage. On s'en occupera ici.

— Compris, marmonna-t-elle alors qu'elle sortait du bureau.

D'ordinaire, elle utilisait l'entrée derrière le bâtiment, mais aujourd'hui, elle décida de passer par l'avant et de traverser le magasin.

Il n'y avait qu'un ou deux clients en train de regarder les vitrines, une dame âgée avec un gros sac noir sous le bras et un grand type baraqué vêtu d'une chemise à carreaux et d'un jean élimé. Sa barbe rousse était mal taillée et semblait sale, mais ce fut son odeur qui surprit Lilliana.

Elle fit un pas en arrière en fronçant le nez. Un employé fit le tour du comptoir pour servir l'homme en ignorant complètement la vieille dame. Lilliana fit mine de s'intéresser aux muffins dans la vitrine.

— Je suis prête à payer le prix fort pour recevoir un service de qualité, et ce type me passe devant, grommela la femme en levant un mouchoir en dentelle vers son nez. Et son odeur... mon Dieu.

— On le sert peut-être en premier pour qu'il s'en aille plus vite, remarqua Lilliana.

— Hum. Ce n'est pas la première fois qu'un type puant me passe devant. Je pense que je vais aller faire mes achats ailleurs.

— Pourquoi est-ce que vous revenez ici ? Le gâteau colibri ?

— Ça ? lâcha la femme en plissant les yeux. Ils refusent même de m'en vendre une toute petite part. On me répond toujours que tout est déjà réservé. Ça me rend folle de rage.

— Vous ne l'avez jamais goûté ? On me dit qu'il est très bon, dit Lilliana avec un petit sourire.

— Je n'en doute pas, mais je ne le saurai jamais.

La femme croisa les bras. Le sourire de Lilliana s'élargit.

— Je suis Lilliana.

Elle lui tendit la main et, après une seconde, la vieille dame la serra et lui fit un sourire un peu forcé.

— Edith. Lilliana, ça me plaît, ajouta-t-elle en la regardant de la tête aux pieds. C'est un bon nom, un nom solide. Ancien. Pas la dernière mode. Tu peux remercier ta mère d'avoir eu la sagesse de te donner un nom qui signifie quelque chose. En latin, ça veut dire lys. Cette fleur est le symbole de l'innocence, de la pureté et de la beauté. Ta mère ne manque pas de jugeotte.

— Merci, je le pense aussi. Elle m'a élevée toute seule.

— Oh, pas de papa dans le tableau ?

— Il est mort quand j'étais jeune. Elle dit qu'il était l'amour de sa vie. Elle ne s'est jamais remariée.

— Elle a eu raison. Un homme, c'est bien assez, dit Edith

en lui tapotant la main. J'en sais quelque chose : j'ai été mariée cinq fois.

— Cinq ?

— Ouais, et le seul qui valait quelque chose, c'était le premier. J'aurais dû rester avec lui. Mais ma fierté s'est mise en travers.

Elle baissa les yeux vers son sac et fit mine de fouiller à l'intérieur. Lilliana étudia sa nouvelle amie à la dérobée. Le regard de la vieille femme portait une tristesse qui lui serrait le cœur.

— Que voulez-vous dire ?

— Vois-tu, je trouvais qu'il ne faisait pas assez attention à moi. J'étais jalouse de son travail. Il voyageait énormément, et j'avais peur qu'il me trompe, dit-elle en secouant ses boucles grises. Je me suis fait avoir par ma peur. Et par ma fierté. Un soir, alors qu'il rentrait après être resté une semaine en déplacement, j'ai provoqué une dispute. J'étais encore jeune et mal dans ma peau. Cette nuit-là, je l'ai mis à la porte. On a divorcé un an plus tard.

Edith s'essuya les yeux avant de regarder Lilliana avec une détermination farouche.

— Que ce soit une leçon pour toi, ma chère. Si tu rencontres l'amour, accroche-toi, même si ça fait mal. Ne lâche pas une seule seconde, parce que tout peut changer en un instant.

Lilliana posa la main sur son bras ridé.

— Je suis navrée, dit-elle en regrettant de ne pas avoir de paroles plus réconfortantes à lui offrir.

Edith sourit et lui tapota la main.

— Bah, de l'eau a coulé sous les ponts. J'ai appris à ne pas vivre dans le passé. J'ai enterré trois maris et élevé mes enfants. J'ai connu de bons et de mauvais moments. Je suis une très vieille femme, ma beauté a disparu. Mais je sais une chose : un homme avec un bon cœur est une perle rare.

— Vous dites que vous avez enterré trois maris. Votre premier mari est toujours vivant ?

La vieille dame esquissa un sourire.

— Comment le sais-tu ?

— Parce qu'il y a encore de la vie en vous.

Elle releva brusquement la tête et écarquilla les yeux, comme si Lilliana venait de découvrir l'un de ses plus grands secrets.

— Et puisque vous êtes toujours vivante, vous devriez vous donner pour mission d'être heureuse, continua-t-elle.

Le menton de la vieille dame trembla.

— Et s'il est mort... ou pire ?

— Marié et heureux ? demanda-t-elle en haussant un sourcil.

Edith acquiesça.

— Et s'il n'est ni mort, ni marié, ni heureux ? Et s'il pense à vous chaque jour et vous regrette ? La vie est trop courte pour faire des suppositions.

— Tu as raison, dit Edith avant de plisser des yeux. Comment se fait-il que tu sois une experte, à un si jeune âge ? Tu n'as même pas trente ans.

— Non, c'est vrai, mais j'ai été élevée par une mère célibataire. J'ai dû grandir vite. Et j'ai eu la chance d'être entourée de beaucoup d'amour. Même si nous n'avions pas grand-chose d'autre, dit-elle en sentant sa poitrine se réchauffer à ce souvenir.

— Tu sais quoi, ma chère ? Tu vas trouver l'amour, dit Edith avec un clin d'œil. Et ça va te tomber dessus sans prévenir. Tu auras envie de te protéger et de ne pas ouvrir ton cœur, mais n'en fais rien. On ne rencontre le grand amour qu'une fois dans sa vie. Accroche-toi à lui de toutes tes forces.

Le cœur de Lilliana manqua un battement dans sa poitrine. Elle hocha la tête.

— C'est bien. Si tu suis mon conseil, tout ira bien pour toi.

Le sourire d'Edith s'effaça alors qu'elle se tournait vers le vendeur.

— Je pense que je vais aller dans une autre pâtisserie, puisque celle-ci refuse de servir ses clients.

Elle remonta son sac sur son épaule, menton levé, et se dirigea vers la porte. Lilliana la suivit des yeux. Les mots pleins de sagesse d'Edith l'avaient profondément touchée, bien plus que le manque d'amabilité des employés de la pâtisserie.

CHAPITRE 19

*K*illian sortit son téléphone en train de sonner de sa poche.

C'était Barrett.

— Allô ?

Il coupa le moteur de sa Harley-Davidson et mit la béquille. Il était arrivé à la pâtisserie de Natchez juste à temps pour voir Lilliana sortir par la porte principale.

Il comptait la rattraper, mais il devait répondre à son chef de meute.

— Du nouveau ? demanda ce dernier d'un ton impatient.

Killian s'obligea à se concentrer sur la mission et non sur la silhouette de Lilliana en train de s'éloigner.

— J'ai fouillé le bureau de la pâtisserie et je n'ai rien remarqué d'inhabituel. Juste des factures et des bons de commande, répondit-il en se grattant l'oreille avant d'ajouter : J'ai aussi trouvé une clé enfermée dans un tiroir, mais je n'ai pas réussi à savoir ce qu'elle ouvre.

— Ça ne suffit pas. Les ventes de meth ont explosé dans le Mississippi. Et le trafic commence à s'étendre en Louisiane. Je ne veux pas de cette merde sur mon territoire.

— Compris, soupira Killian. Je peux y retourner ce soir et refaire un tour. Je suis peut-être passé à côté de quelque chose.

— Ouais, bonne idée. Et tiens-moi au courant, dit Barrett avant de raccrocher.

— Pas fan de la politesse, marmonna Killian en regardant son portable.

Il descendit de moto et examina la pâtisserie sur le trottoir d'en face.

Peu de gens entraient et sortaient du magasin, et les clients étaient pour le moins hétéroclites : soit des femmes âgées qui avaient l'air de porter leurs habits de messe, soit des mecs tatoués qui ne devaient jamais mettre les pieds dans une église.

Un peu comme lui.

Il s'approcha de l'entrée. Maintenant que Lilliana était déjà loin, quitte à être ici, autant acheter un autre gâteau colibri.

S'il était à nouveau immangeable, il devrait en parler à Lilliana. Il souhaitait son succès et si ses créations étaient gâchées, ça risquait de faire du tort à sa carrière.

Il entra dans la boutique. Le magasin était presque vide, à l'exception d'un homme avec une veste de moto en cuir en train de regarder la vitrine. Il était musclé comme un taureau et avait des cheveux noirs retombant au niveau de ses épaules. Il était en train de regarder le gâteau colibri de Lilliana avec intérêt.

Killian se plaça derrière lui et mit ses mains dans ses poches.

— J'avais envie d'acheter ce gâteau, dit-il en indiquant la vitrine d'un geste du menton.

Le malabar lâcha un rire.

— Ouais ? Ben, dommage pour toi. Je l'ai déjà réservé.

— Vraiment ? Tu as déjà dû le goûter, alors.

Il se tourna vers Killian en plissant les yeux. Il l'observait avec méfiance, comme s'il se demandait ce qu'il lui voulait.

— Pourquoi tu me demandes ça ?

— Sans raison, répondit Killian en haussant les épaules. J'ai entendu dire que ces gâteaux colibri sont excellents, alors j'avais envie d'en acheter un.

— Non. Tu veux pas de ces gâteaux, pas ici, dit le type en penchant la tête de côté.

— Pourquoi ? Ils sont pas bons ?

— Tu peux pas acheter de gâteau colibri ici parce qu'ils sont tous réservés des mois à l'avance. Et puis, t'es plutôt un mec à aimer la génoise, ajouta-t-il d'un air un peu méprisant avant de se tourner vers le vendeur derrière le comptoir.

Sa manière de se déplacer et de lui parler mettait l'instinct de Killian en alerte. Il avait l'impression qu'ils n'étaient plus en train de parler de gâteaux.

— Pourtant, j'ai entendu dire que les meilleurs gâteaux colibri de la région se trouvaient ici. À la pâtisserie de Natchez, dit-il en tapotant la vitrine en verre.

Le mec se retourna et hocha la tête avec un sourire entendu.

— Je vois. Tu dois être un des nouveaux. On m'avait pas dit que quelqu'un allait venir m'aider pour transporter la marchandise.

Killian croisa les bras. Il ne savait pas de quoi ce type parlait, mais ça ressemblait beaucoup à du trafic.

— J'ai été embauché à la dernière minute, mentit-il.

— Ça me surprend pas, dit l'homme en lui tendant la main. Je suis John.

— Killian, répondit-il en la serrant.

C'était sorti naturellement, et il se demanda immédiatement s'il aurait mieux fait de lui donner un faux nom. À son odeur, il était humain ; Killian était presque sûr que John ne savait rien sur les Assassins de Louisiane.

— Walter t'a engagé parce qu'on a commandé plus de gâteaux, c'est ça ?

— Ouais, répondit-il en gardant une expression neutre. Plus de gâteaux, plus de bras.

— Et aussi beaucoup plus de marchandise. On aurait pu penser qu'ils trouveraient une idée plus simple que la cacher dans des gâteaux.

Killian sentit ses tripes se nouer. Planquer de la drogue dans des gâteaux ? Merde. Barrett avait raison. Il repensa au moment où il avait mordu dans le gâteau colibri dans le jardin de l'auberge Monmouth.

Il se remémora le goût amer et la décoloration jaune sombre autour de la part qu'il avait découpée, qu'il avait alors attribuée à la banane. À présent, il se demandait si c'était à cause de la meth.

Lilliana avait confectionné ce gâteau colibri. Était-elle au courant du trafic de drogue ? Son cœur se serra et sa tête se mit à tourner.

— Je suis content qu'il ait embauché quelqu'un d'autre. On a perdu un gâteau il y a quelques jours. Il a été vendu par erreur, et on sait pas à qui, dit John en secouant la tête. Ça aurait pu partir sacrément en couille. Le proprio s'est bien fait engueuler.

— Je n'en doute pas.

Heureusement, il avait recraché le gâteau, sinon il aurait été malade toute la nuit. En revanche, si un humain l'avait mangé par erreur, ça aurait pu lui coûter la vie. Être un loup avait une multitude d'avantages.

— Maintenant, il a compris qu'il ne doit vendre les gâteaux qu'à moi et personne d'autre.

— Alors, tu as un camion pour charger tout ça ?

— Ouais.

John sortit des clés de sa poche et les lança à Killian, qui les rattrapa au vol.

— Il est garé derrière. Comme on a une grosse commande, on va charger les gâteaux directement depuis la cuisine pour éviter d'attirer l'attention.

— C'est bien la dernière chose dont on ait besoin.

Killian entendit des voix dans la pièce derrière le comptoir. L'une d'entre elles appartenait au propriétaire, celui qui lui avait vendu le gâteau par erreur. S'il voyait Killian, il pouvait faire capoter sa couverture.

— Je vais rapprocher le camion, dit-il en sortant de la pâtisserie à l'instant où le propriétaire arrivait dans le magasin.

Il garda la tête basse jusqu'à ce qu'il arrive derrière l'immeuble. Il s'arrêta devant le camion blanc garé dans la ruelle, glissa la clé dans la serrure et ouvrit le véhicule.

Après avoir regardé aux alentours, il se glissa derrière le volant. L'intérieur était jonché de sacs de fastfood. Il grimaça en sentant l'odeur de tabac froid qui flottait dans le véhicule.

Un briquet rouge, quelques tablettes de chewing-gum et une carte de visite se trouvaient sur le tableau de bord.

Il ramassa la carte. La Lune Argentée, un club de strip-tease à Memphis.

Il mémorisa l'adresse sur la carte et la remit en place avant que la porte arrière de la pâtisserie ne s'ouvre.

John et le propriétaire se tenaient sur le pas de la porte et parlaient avec animation.

Killian remarqua une casquette des Cardinals de Saint-Louis sur le siège passager et la vissa sur sa tête. Il ne voulait surtout pas que le propriétaire le reconnaisse.

— Hé, Killian ! cria John dès que l'homme fut rentré dans la cuisine. Approche le camion en marche arrière et viens m'aider à charger les boîtes.

Killian hocha la tête et démarra. Il positionna le coffre du camion vers la porte, descendit du véhicule et alla ouvrir les portes du coffre. John approcha en poussant un chariot rempli de boîtes blanches. Craignant que le propriétaire ne le suive, Killian regarda vers la porte avec inquiétude.

— Charge-les pendant que je vais lui donner l'argent, dit John en prenant un gros sac à dos noir sur la banquette arrière.

Il ouvrit la fermeture éclair et montra à Killian des piles de liasses de billets de cent dollars.

— C'est dingue ce que les gens sont prêts à payer pour de la drogue. Personnellement, je préfère le whisky, remarqua John avec un sourire en mettant le sac sur son épaule.

Dès qu'il fut rentré dans la pâtisserie, Killian chargea rapidement les gâteaux dans le coffre et sortit son téléphone portable. Il prit les boîtes en photo, puis la plaque d'immatriculation. Il regarda par-dessus son épaule pour s'assurer qu'il était toujours seul avant d'écrire un message à Barrett.

Son doigt se figea sur le bouton d'envoi. Il se ravisa et rangea son téléphone, juste au moment où John ressortait du bâtiment.

— Tu viens avec moi ? demanda-t-il.

— Non, j'ai d'autres affaires à régler, répondit Killian en souriant. Disons juste que je n'ai pas un seul patron.

— Ouais. T'es obligé, dans cette branche.

Après un salut de la tête, il monta dans le camion et démarra. Killian regarda le véhicule rempli de gâteaux et de drogue s'éloigner. Une fois qu'il eut disparu au coin d'une rue, il jeta la casquette de baseball par terre.

Il rejoignit sa Harley, démarra et prit la même direction que le camion. Il le rattrapa facilement.

Son téléphone se mit à vibrer. Il se doutait que c'était Barrett qui appelait, mais il ne pouvait pas décrocher pour l'instant. Il devait suivre le camion pour savoir où ils distribuaient la drogue.

C'était l'occasion de montrer à Barrett qu'il n'était pas un tire-au-flanc, qu'il était au contraire un élément précieux pour la meute. C'était sa chance de prouver sa valeur.

Lorsqu'il aurait toutes les réponses, il ferait son rapport à son chef de meute.

Et ensuite, il irait trouver Lilliana.

CHAPITRE 20

*H*eureusement, Lilliana n'avait pas de dîner à préparer ce soir. Beaucoup de clients étaient partis, et Mme Spell avait jugé qu'il n'était pas nécessaire de servir un repas recherché pour si peu de personnes.

Ça l'arrangeait ; elle aurait ainsi le temps de commencer à préparer la commande de gâteaux. Elle avait déjà acheté tous les ingrédients nécessaires. Il ne lui restait plus qu'à s'y mettre.

Elle noua un tablier à rayures blanches et roses autour de sa taille, rassembla sa longue chevelure en un chignon bas puis se lava les mains. Après avoir sorti tous les moules à gâteaux qu'elle trouva, elle les graissa avec de l'huile de coco.

Elle remplit la bouilloire d'eau et la mit à chauffer sur la cuisinière. Une fois que les premier gâteaux seraient en train de cuire et la fournée suivante prête à suivre, elle se détendrait avec une tasse de thé.

Elle sourit en plaçant les moules dans le four. Elle régla le minuteur et commença à préparer la fournée suivante.

Pour la première fois depuis longtemps, elle avait enfin l'impression d'échapper à sa malchance, si l'on pouvait dire.

Pour la première fois, elle n'aurait pas de problèmes d'argent.

Le destin lui souriait enfin. Elle pensait avoir une chance de réaliser ses rêves.

* * *

KILLIAN GARDA une distance prudente avec le camion et le suivit jusqu'à la sortie de Natchez.

Il s'arrêta devant un entrepôt dont l'enseigne précisait qu'il s'agissait d'un fabriquant de plastique, mais à en juger par le nombre de voitures sur le parking, ça devait être une couverture.

Il se gara un peu plus loin, sous des arbres, coupa le moteur et attendit.

John descendit du camion et sortit une cigarette d'un paquet avant de le replacer dans la poche de sa chemise. Il l'alluma et recracha de longues volutes de fumée en s'adossant contre le véhicule.

Un homme sortit du bâtiment. Quand John le vit, il se redressa et éteignit immédiatement sa cigarette.

— Ces trucs te tueront, dit l'inconnu.

— Ce boulot aussi, rétorqua John en haussant les épaules. Je suis prêt à courir le risque.

— Rentre la marchandise. On n'a qu'une heure.

— Et le nouveau ?

— Quel nouveau ?

— Killian. Celui qui m'a aidé à charger les gâteaux à la pâtisserie de Natchez ?

L'homme lui lança un regard noir.

— J'ai engagé personne.

John blêmit.

— Tu lui as raconté quelque chose, John ?

— Non, pas du tout, je le jure, dit-il en levant les mains.

— Si tu revois ce mec, bute-le. Et appelle-moi ensuite.

John hocha la tête et courut ouvrir les portes du coffre.

Depuis sa cachette, Killian le vit décharger toutes les boîtes et les emmener à l'intérieur.

Il sentit son téléphone vibrer dans sa poche, mais décida de l'ignorer. Une file de voitures noires entra sur le parking, et des hommes en costume armés de fusils d'assaut en sortirent.

Killian pressa son dos contre un arbre. Il jeta un œil à sa Breakout et fut rassuré de constater que la carrosserie noire se fondait dans les ombres du bosquet.

Tous les hommes entrèrent à l'intérieur sauf six, qui restèrent monter la garde autour de la porte.

Killian avait envie d'agir, mais il savait qu'il ne pouvait pas faire grand-chose. Cette fois, il allait se montrer patient et attendre. Il reviendrait fouiner dès que la nuit serait tombée.

Le temps que tout le monde parte, la fin de l'après-midi approchait. Killian s'assura qu'il était seul avant de démarrer sa moto et de rentrer à Natchez.

Le vent frais printanier ne calma en rien l'anxiété que lui causait ce qu'il avait appris aujourd'hui.

Lilliana. Était-elle impliquée dans ce trafic ? Il ne voyait pas comment de la drogue pouvait être cachée dans ses gâteaux sans qu'elle ne soit au courant. Il ralentit en entrant dans la ville. Les lampadaires s'étaient allumés et les rues étaient animées, certaines personnes rentrant chez eux, d'autres sortant manger au restaurant.

Il regarda un jeune couple se tenant par la main alors qu'ils marchaient sur le trottoir. Ils étaient tous les deux apprêtés, probablement en rencard, et manifestement amoureux. La manière dont elle regardait le type lui fit penser à Lilliana.

Il secoua la tête et se concentra sur la route. Il était en mission, pas en train de chercher à tomber amoureux.

Quand il coupa le moteur de sa moto dans la cour de Monmouth, sa gorge se noua. La voiture de Lilliana était garée derrière l'auberge.

Il se demanda s'il devait aller la trouver tout de suite ou attendre de s'être douché et d'avoir pris le temps de réfléchir. Quoi qu'il décide, il devait agir avec diplomatie.

Si elle était mêlée au trafic, il ne voulait pas qu'elle avertisse le propriétaire de la pâtisserie qu'il posait des questions.

Il sortit son portable de sa poche et envoya un message à Barrett pour lui dire qu'il rassemblait des informations et lui ferait son rapport un peu plus tard.

Il appellerait son chef de meute dès qu'il en saurait davantage sur ce qui se passait dans cet entrepôt.

Il ne servait à rien de le contacter avant d'avoir mené son enquête dans le bâtiment. Il devait découvrir comment la drogue était conditionnée dans les gâteaux et où ils les transportaient.

D'ici là, Barrett, devrait attendre.

CHAPITRE 21

*L*illiana entendit le grondement distinctif de la Harley de Killian lorsqu'il se gara devant Monmouth. En sentant son cœur battre plus vite, elle regarda rapidement son reflet dans la vitre du micro-ondes.

Elle ne voulait pas paraître trop intéressée. Les hommes n'aimaient pas les filles collantes. Elle n'avait jamais apprécié quelqu'un autant que Killian, et personne n'avait encore fait réagir son corps de la sorte.

Bon Dieu, elle ne connaissait même pas ce type.

Mais elle sentait qu'il était différent.

Elle secoua la tête et porta la tasse d'English Breakfast à ses lèvres. Elle devait se concentrer sur les gâteaux qui restaient à faire, pas sur sa libido incontrôlable.

— Pouah, gémit-elle.

— Que se passe-t-il, ma chère ? demanda Mme Spell en entrant dans la cuisine.

Elle se servit de l'eau chaude, coupa un citron en deux et pressa le jus dans la tasse. Lilliana se redressa et se força à sourire.

— J'ai hâte d'avoir terminé ces gâteaux, c'est tout.

Mme Spell touilla sa tasse en souriant. Le tintement de la cuillère en argent contre la porcelaine résonna dans la pièce.

— Tu vois ce que tu gagnes, à être une excellente pâtissière ? Du travail par-dessus la tête, dit-elle en se penchant sur les gâteaux. Ils ont une odeur divine, ma chère. Quand vas-tu faire le glaçage ?

— Dès qu'ils auront refroidi.

Elle n'aimait pas mentir, et encore moins le fait de ne pas s'occuper entièrement de la confection de ses gâteaux colibri, mais si elle faisait aussi le glaçage et la décoration, elle n'aurait même plus le temps de dormir et devrait passer chaque instant dans la cuisine pour honorer la commande.

— C'est bien, dit Mme Spell avant de regarder par la fenêtre. Oooh, voilà Killian. Je dois le prévenir qu'on ne servira pas de dîner ce soir.

Elle posa la tasse sur le comptoir et sortit en hâte de la cuisine.

Lilliana but une gorgée de thé en essayant de ralentir son cœur qui battait la chamade. Elle avait besoin de se calmer et de prendre du recul. Ce n'était pas comme s'ils sortaient ensemble.

Ni comme s'ils avaient des sentiments l'un pour l'autre.

Ils n'avaient eu qu'une nuit de sexe incroyable ensemble.

Du sexe fantastique et hors du commun qu'elle n'arrivait pas à se sortir de la tête, et elle commençait à craindre de perdre un peu la boule.

— Je ne devrais pas me faire de films, gémit-elle en posant sa tasse.

Elle avait toute la vie devant elle. Elle ferait mieux de se concentrer sur sa carrière.

Elle plissa les yeux en entendant Mme Spell saluer Killian dans le couloir et se tourna vers le four pour sortir les nouveaux étages de gâteau cuits.

Elle sourit en posant les moules à refroidir sur le comptoir. Les arômes de sucre, de cannelle et de banane qui flottaient dans l'air la rassérénaient toujours.

Ces parfums joyeux lui rappelaient son enfance. Sa mère préparait des gâteaux pour toutes les grandes occasions.

— Eh bien, on dirait que notre Killian est de mauvaise humeur, dit Mme Spell en revenant dans la cuisine.

— De mauvaise humeur ? Il a dit pourquoi ?

— Oh, non. Et je n'ai pas demandé. Il n'arrêtait pas de regarder en direction de la porte de la cuisine, continua Mme Spell en reprenant sa tasse. Il est sans doute juste déçu qu'on ne serve pas à dîner ce soir.

— Vraiment ?

Le cœur de Lilliana se serra. Elle avait l'impression de l'avoir déçu, et ça ne lui plaisait pas. Ce qui était étrange. Elle le connaissait à peine.

Au fond de son cœur, elle savait que c'était faux. Son corps connaissait le sien, profondément et intimement. Elle n'avait jamais ressenti ça avec un autre homme.

Elle retint son souffle et attendit. Les pas lourds de ses bottes de moto contre le plancher lui indiquèrent qu'il marchait... et s'éloignait de la cuisine, montant dans sa chambre à l'étage.

Elle sentit la déception l'envahir.

Elle replaça une mèche rebelle derrière son oreille et inspira profondément. Elle devait se concentrer. Pas sur un homme qu'elle aurait pu décevoir, mais sur ses projets et son avenir.

Au fond, elle savait que c'était tout ce qui importait vraiment.

CHAPITRE 22

illian dut se faire violence pour monter dans sa chambre au lieu d'aller trouver Lilliana dans la cuisine.

Il savait qu'elle était là. Il avait senti son parfum dès qu'il avait passé la porte d'entrée, et son sexe s'était immédiatement raidi. Même s'il la soupçonnait de participer à un trafic de drogue, il avait toujours envie d'elle.

Il secoua la tête et déverrouilla la porte de sa chambre. Après l'avoir refermée derrière lui, il se déshabilla et alla directement dans la salle de bains. Il n'attendit pas que l'eau soit chaude pour entrer sous la douche, et il laissa les gouttelettes froides rafraîchir son corps fiévreux, aux prises avec un désir lancinant.

Il était un putain d'Assassin ; pourtant, une petite femelle attirante avait réussi à le mettre à genoux juste avec son odeur.

Elle était peut-être une sorte d'espionne. Envoyée pour monopoliser ses pensées et le distraire avec son corps magnifique.

Il se passa la main sur le visage.

Il était foutu. Complètement foutu.

Après avoir pris la douche la plus longue de tous les temps, il enroula une petite serviette autour de ses hanches et ne prit pas la peine de se sécher avant de sortir de la salle de bains. Il resta pétrifié en revenant dans la chambre.

Lilliana était là, une clé à la main. Elle écarquilla les yeux, et son regard descendit involontairement vers la serviette.

— Il faut que je te parle.

— Ouais, je me disais la même chose.

Il devait reprendre le contrôle sur la situation. Sur ses émotions.

Il ne pouvait pas expliquer à Barrett qu'il en pinçait pour une personne qui planquait de la drogue dans des gâteaux avec des noms d'oiseau.

— Où est-ce que tu as eu cette clé ?

— L'auberge possède un double de toutes les chambres, juste au cas où. Quand tu n'es pas venu me voir dans la cuisine, je me suis inquiétée. Madame Spell pense que tu étais contrarié qu'on ne serve pas à dîner ce soir, dit-elle avant de secouer la tête. Je pensais que tu comprenais à quel point j'ai besoin de travailler pour la pâtisserie. J'ai besoin de cet argent pour rembourser ma mère.

— À quel prix ? lâcha-t-il en croisant les bras avec un regard noir.

Se confierait-elle à lui, lui avouerait-elle la vérité ou lui mentirait-elle droit dans les yeux s'il la mettait face aux conséquences de ses actes ?

Elle tressaillit comme s'il l'avait frappée.

— Je te demande pardon ? Tu crois que je devrais arrêter de construire mon avenir juste parce que je n'ai pas pu te préparer à dîner ? Tu sais à quel point tu as l'air sexiste ?

Ses yeux plissés ne formant plus que deux fentes, elle tourna les talons.

— Je croyais que tu étais différent des autres, Killian. On dirait que je me trompais.

Elle tendit le bras vers la porte, mais il fut plus rapide. Il la retint par le coude et la força à se retourner pour la regarder dans les yeux.

— Attends, on a pas terminé. Et je ne suis pas en train de te parler d'un foutu dîner.

— De quoi est-ce que tu parles, alors ? Je n'ai rien fait de mal, mais tu te comportes comme j'avais tué quelqu'un, siffla-t-elle entre ses dents.

Merde. Même en colère, elle était belle.

— C'est ce que font les drogues, tu sais. Elles tuent, dit-il froidement.

Il voulait l'atteindre, autant qu'il se sentait blessé. Elle le regarda comme si un troisième œil avait soudain poussé sur son front.

— Quoi ? Merde, qu'est-ce que tu racontes ? Je croyais que tu faisais la tronche parce que je n'ai pas préparé de dîner. De quoi est-ce que tu parles ?

Il la regarda fixement sans répondre pendant un moment.

— Tu ne sais pas, hein ? dit-il finalement en penchant la tête.

Il sut que c'était la vérité alors qu'il prononçait ces mots. Il sentit un poids se soulever de sa poitrine et tomber lourdement par terre.

— Dieu merci, tu n'es pas au courant.

Il s'approcha et la prit dans ses bras. Quand il la sentit repousser son torse, il desserra son étreinte.

— Attends une minute, Killian. Tu dois m'expliquer de quoi tu parles, dit-elle en s'écartant de lui.

Lorsqu'elle recula, la serviette tomba sur le sol. La mâchoire de Lilliana se décrocha et elle se tourna vivement vers la fenêtre.

— Quoi ? Ce n'est pas comme si tu ne l'avais pas déjà vue, dit-il d'un ton pince-sans-rire.

— Je sais, mais j'aimerais comprendre de quoi tu parles avant que...

— Avant que les choses dégénèrent et deviennent très chaudes ?

Merde, il avait envie d'elle. De la prendre maintenant, contre le mur. Il voulait être serré entre ses cuisses.

Il secoua la tête et lui indiqua le fauteuil du doigt.

— Tu ferais mieux de t'asseoir.

Elle déglutit et s'exécuta. Ses beaux yeux verts étaient écarquillés et sérieux. Il détestait avoir cette conversation avec elle, mais il n'avait pas le choix. Il enfila un jean avant de reprendre :

— Je suis ici pour le travail, mais pas le travail auquel tu penses. Je suis ici pour enquêter sur un crime.

— Tu es détective ? demanda-t-elle avec un petit sourire. Je savais que tu cachais quelque chose.

— C'est vrai ?

— Ouais. Tu es resté affreusement vague quand tu parlais de ton métier. Et puis, j'ai vu que tu as un tatouage bizarre dans le dos. On dirait un truc militaire.

Tous les Gardiens avaient le même symbole tatoué dans le dos, deux grandes ailes avec des yeux ouverts en dessous. Cette image représentait le devoir des Gardiens, qui s'engageaient à protéger les innocents et à faire respecter les lois lupines.

Il avait effectivement ce tatouage ; en revanche, elle ignorait qu'il en avait aussi un autre. Celui des Assassins.

Brutus, Lorcan et lui étaient les seuls à le posséder, chacun à un emplacement discret. Brutus l'avait sur la main et portait des gants toute l'année pour le dissimuler. Lorcan l'avait fait tatouer à l'intérieur de la cuisse. Il baisait toujours dans le noir pour qu'aucune de ses conquêtes ne sache ce qu'il était.

Killian l'avait fait tatouer dans sa nuque, et il gardait les cheveux longs pour cacher le signe distinctif des exécuteurs : une épée, sa lame maculée du sang des loups criminels.

Avant l'invention des balles d'argent et des autres armes modernes, tous les Assassins exécutaient les condamnés à l'épée.

Ils avaient désormais davantage d'options, mais le tatouage restait le même.

— Dis-moi la vérité, Killian, dit Lilliana en croisant les bras.

Il lui tourna lentement le dos pour lui montrer le tatouage de Gardien. Il ne comptait pas lui révéler qu'il était bien plus.

— Je ne suis pas censé crier sur tous les toits ce que je suis.

— Je comprends, assura-t-elle en le regardant dans les yeux. Ce que tu me diras restera entre nous. J'espère que tu le sais.

Il déglutit pour gagner du temps, réfléchissant à ce qu'il allait lui dire.

— C'est une longue histoire, donc je vais essayer de résumer.

— D'accord.

— On m'a envoyé ici pour enquêter sur la pâtisserie de Natchez. D'après des rumeurs, elle serait impliquée dans un trafic de drogue.

— Quoi ?

— Je suis entré dans la pâtisserie après la fermeture. Je n'ai rien trouvé, à part une clé qui ne correspondait à aucun verrou. Je l'ai remise en place.

— Alors, ces rumeurs ne sont pas fondées, dit-elle avec un soupir rassuré.

— Pas exactement, marmonna-t-il en se frottant la nuque. Je suis revenu dans la journée et j'ai engagé la discussion avec un client, John. Il m'a pris pour son nouveau collègue embauché pour l'aider à transporter des gâteaux. Tes gâteaux colibri, plus exactement.

— Je ne comprends pas.

— Apparemment, ils planquent la drogue dans les gâteaux colibri et ils les entreposent dans un bâtiment à la sortie de la ville. Dans une zone isolée.

— Mais je croyais que mes gâteaux étaient vendus à des restaurants.

— Est-ce qu'Emmet Reece t'a déjà donné la liste des clients qui achètent tes gâteaux ?

— Non, il m'a juste parlé de commerces.

— C'est ça ; les dealeurs sont des sortes de commerçants. De toute façon, tout concorde, surtout avec ce qui s'est passé dans le jardin quand on s'est rencontrés.

— Quand tu as recraché mon gâteau ?

— Oui. On m'a vendu ce gâteau en pensant que je faisais partie de l'équipe des trafiquants. J'ai la même stature, les cheveux longs, tout. Bref, en mordant dans le gâteau, j'ai senti un goût amer. Et il était décoloré à l'intérieur. Je croyais que c'était à cause des fruits, mais maintenant, je pense que la drogue avait coulé hors du plastique et s'était répandue dans le gâteau.

— Oh mon Dieu, murmura-t-elle avant de se prendre la tête entre les mains. Et si une famille avait acheté le gâteau par erreur ? Ils auraient pu mourir. J'aurais pu les tuer.

— Non, je ne pense pas. La pâtisserie ne les vend pas à n'importe qui. Ils ont fait une erreur parce qu'ils m'ont pris pour un des sales types.

Il haussa les épaules. Il était un Assassin ; ce n'était pas si loin de la vérité.

— Ils utilisent tes gâteaux parce qu'ils sont assez gros et

hauts pour cacher beaucoup de marchandise. Ils doivent les vider et les remplir de drogue.

— Je vais appeler Emmet tout de suite pour lui dire que je ne lui vendrai plus jamais de gâteaux, dit-elle avec des yeux brillants de larmes. Bon Dieu, Killian. Je suis une mule.

Il s'approcha en souriant et s'agenouilla devant elle.

— Ma belle, tu n'es pas une mule. Techniquement, tes gâteaux le sont.

— Ça n'est pas mieux du tout ! gémit-elle en se reprenant la tête entre les mains.

— Ben, désolé.

Il lui prit les mains et les écarta de son visage pour la regarder dans les yeux.

— Je ne suis vraiment pas doué pour rassurer les femmes auxquelles je tiens. Je manque d'entraînement.

Il ne précisa pas qu'il n'avait jamais ressenti ce genre de choses pour une femme avant elle.

À cet instant, il comprit que son monde avait changé et ne redeviendrait plus jamais comme avant.

CHAPITRE 23

*L*illiana sentit son corps s'échauffer. Son rythme cardiaque s'accéléra.

— Vraiment ? J'aurais pensé que tu avais eu plein d'entraînement, dit-elle en effleurant sa joue du bout des doigts.

À ce contact, Killian ferma les yeux.

— Pas vraiment, non. Je n'avais encore jamais été si proche d'une femelle.

— *Femelle*. Tu appelles toutes les femmes comme ça ? gloussa-t-elle.

— Tu es vexée ?

— Je devrais l'être, mais étrangement, non.

Quand il rouvrit les yeux, il posa les mains sur les accoudoirs et se pencha vers elle. Son cœur s'affola de plus belle dans sa poitrine.

Dès que ses lèvres touchèrent les siennes, elle laissa échapper un gémissement.

Il lui faisait toujours cet effet. Chaque fois qu'il la touchait, elle avait l'impression qu'il atteignait son âme.

Elle sentit son désir s'éveiller sous son baiser sensuel, et fit remonter ses mains sur ses bras, puis sur ses épaules, avant de les enfoncer dans ses longs cheveux pour le garder prisonnier contre sa bouche.

Leur baiser se fit plus intense, leurs langues dansant l'une contre l'autre alors que leurs corps bougeaient de concert.

— Encore, demanda-t-elle d'une voix suppliante.

Il embrassa lentement sa joue et descendit vers son cou. Elle se cambra contre lui, l'attirant plus près, pour le sentir contre chaque courbe de son corps.

Il s'écarta et la regarda avec des yeux ardents.

Il passa les bras sous ses genoux, la porta vers le lit et la déposa délicatement au milieu du matelas. Après avoir enlevé son t-shirt et l'avoir jeté sur la chaise, il se débarrassa de son jean.

Elle se sentit rougir en remarquant qu'il ne portait rien en dessous. Et qu'il était déjà prêt, son membre raide et dressé pour elle.

— À ton tour, dit-il en souriant.

Il monta sur le lit, ouvrit sa braguette d'un geste habile puis baissa son jean et le laissa tomber par terre avant de se placer entre ses cuisses et de poser la tête contre son ventre. En prenant son temps, il embrassa la peau de son ventre et remonta lentement vers sa poitrine. Il lui enleva son haut, la dévorant des yeux une fois qu'elle ne fut plus qu'en sous-vêtements.

— Ils sont jolis, mais il faut les enlever.

Il lui retira les sous-vêtements tout en l'embrassant. Allongé entre ses jambes, elle pouvait sentir son membre presser contre son ventre.

Elle prit son visage entre ses mains pour l'attirer plus près. La langue de Killian entra dans sa bouche et au même moment, il la pénétra.

— Killian, gémit-elle contre ses lèvres.

Il l'emplit de plaisir en se balançant contre elle. Il la regardait avec une émotion qui l'ébranlait au plus profond d'elle-même. Elle n'avait jamais ressenti une telle intimité avec quelqu'un d'autre.

Elle s'accrocha à lui, mémorisant du bout des doigts chaque muscle de son dos alors qu'il faisait des va-et-vient en elle. Elle le griffa lorsqu'elle sentit le plaisir s'accumuler dans le creux de son bas-ventre puis exploser dans toutes les cellules de son corps. Elle s'arcbouta contre lui en criant son prénom.

Il enfouit son visage dans son cou et poussa un long grondement rauque alors que son orgasme déferlait en lui.

Ils restèrent ainsi, connectés corps et âmes, jusqu'à ce qu'elle cesse de trembler.

Killian roula sur le dos et la prit dans ses bras.

— J'aimerais rester avec toi, mais je dois ressortir. Je vais retourner à la pâtisserie et jeter un œil à l'entrepôt où le camion a emmené les gâteaux. Je dois savoir où ils vont ensuite.

Il l'embrassa tendrement avant de sortir du lit. Il ramassa son jean et l'enfila. Elle se leva également, et se figea soudain. Son visage devint blême.

— Qu'est-ce qui se passe ?

— On n'a pas mis de capote. C'est la première fois que ça m'arrive.

— Je n'ai rien, si c'est ce dont tu as peur, dit-il en riant.

— Non, je ne parle pas de ça. Je ne prends pas la pilule, expliqua-t-elle avec de grands yeux inquiets.

— Tu n'as pas à t'inquiéter pour ça non plus.

— Tu es... stérile ?

Il étouffa un rire en se mordant la lèvre. Ce n'était pas ça du tout, mais il ne pouvait pas vraiment lui dire la vérité : que les humains et les métamorphes ne pouvaient pas se reproduire.

— Crois-moi, tu ne tomberas pas enceinte.

Ses épaules minces se détendirent. Elle rassembla ses vêtements dans la pièce et s'habilla rapidement.

— Je viens avec toi.

— Lilliana, je ne pense pas que ce soit une bonne idée. C'est dangereux, protesta-t-il.

Elle secoua la tête.

— Peu importe. Je viens, et tu ne m'en empêcheras pas. Attends-moi en bas, je passerai par l'entrée de service pour prendre mes bottes et ma veste. Je te retrouve devant ta moto.

Elle l'embrassa avant de se tourner vers la porte.

— Attends, il y a une entrée de service ? demanda-t-il en la retenant par le bras.

— Bien sûr. Il y en a dans toutes les anciennes plantations.

Avec un petit clin d'œil, elle s'éloigna dans le couloir.

CHAPITRE 24

Killian descendit les escaliers à la hâte. Il devait se dépêcher s'il voulait avoir une chance de découvrir où étaient emmenés les gâteaux après être passés par l'entrepôt.

— Killian ! Je peux vous apporter quelque chose ? demanda Mme Spell avec un sourire affable depuis le bas des marches.

Il masqua un grognement. Il n'avait pas le temps de papoter. Il devait s'acquitter de son devoir de loup.

— Madame Spell, la salua-t-il avec un sourire forcé. Non, j'étais sur le point de sortir.

Elle prit une expression soucieuse.

— Je suis vraiment navrée que l'on n'ait pas servi de dîner ce soir. En fait, nous n'avions pas assez d'hôtes pour cuisiner tout un repas.

— Aucun problème. Je vais juste rencontrer des clients.

— Vraiment ? demanda-t-elle alors que son regard s'illuminait. Quel genre de clients, dites-moi ?

— Disons simplement qu'ils sont dans le milieu de la musique, mentit-il.

Puisqu'elle le prenait déjà pour une rockstar, elle ne remettrait pas ses dires en doute.

— Je vois.

Elle hocha la tête, l'air ravie.

— Je dois y aller.

— Bien sûr. Je vous verrai demain au petit-déjeuner, dit-elle alors qu'il s'éloignait déjà.

— Oui. À demain matin, répondit-il par-dessus son épaule.

Il se hâta de rejoindre sa Harley dans le noir. Il n'avait pas envie d'emmener Lilliana avec lui mais savait que sinon, elle trouverait un autre moyen d'y aller. Au moins, il serait là pour la protéger.

Il s'arrêta net en voyant Lilliana.

Elle avait mis une paire de bottes de moto noires et portait une veste en cuir de la même teinte. Ses cheveux sombres flottaient autour de ses épaules, et elle était appuyée contre sa moto.

Putain, elle était magnifique.

— Salut, dit-il en approchant.

— Je me demandais ce que tu faisais, répondit-elle avec un sourire. Madame Spell t'a coincé ?

— Comment est-ce que tu as deviné ?

Il enfourcha la moto et attendit qu'elle fasse de même. Elle monta derrière lui et enlaça sa taille.

Ça lui parut totalement naturel, ce qui commença à l'inquiéter un peu.

Il démarra la Harley. Le moteur s'alluma en rugissant. Il sourit en sentant Lilliana serrer sa taille plus fort et poser sa tête contre son dos.

Naturel.

Un peu trop parfait.

Il sortit de la cour de l'auberge et commença à rouler sur la route. Il n'y avait pas beaucoup de circulation. Natchez était une petite ville ; les habitants ne faisaient pas la fête toute la nuit.

Il accéléra, laissant le grondement de la moto apaiser ses nerfs.

Il n'aimait pas mettre Lilliana en danger, mais il ne pouvait plus rien faire pour l'éviter.

L'air froid lui picotait la peau. L'odeur de chèvrefeuille entra en collision avec celle du danger imminent.

Il ralentit en entrant dans la rue de la pâtisserie. Il se gara à un pâté de maisons de l'établissement, loin des lampadaires, coupa le moteur et laissa Lilliana descendre en premier.

Il lui prit la main et entrelaça ses doigts aux siens.

— Reste près de moi.

CHAPITRE 25

*D*eux types baraqués étaient postés devant le magasin. Lorsqu'il reconnut John, Killian tourna les talons et commença à s'éloigner de la pâtisserie.

— Où est-ce qu'on va ? demanda-t-elle.

— On va prendre un chemin plus long.

En gardant un pas de promenade tranquille, il passa son bras autour des épaules de Lilliana et l'attira contre lui. Elle comprit le message ; elle enlaça sa taille avant de se coller contre son torse.

— Tu vois, je sais donner l'impression d'être en rencard, dit-elle en souriant.

Le cœur de Killian se serra.

— Quand tout ça sera terminé, on fera un vrai rencard. C'est promis.

Il lui embrassa le sommet du crâne puis effaça toute pensée romantique de son esprit pour se concentrer sur sa mission.

Ils tournèrent au coin de la rue, se retrouvant ainsi derrière la pâtisserie. Deux camions étaient garés dans la ruelle et deux hommes musclés étaient en train de charger des gâteaux dans les coffres, une dizaine par camion.

Une fois le chargement terminé, ils s'installèrent au volant, non sans avoir lancé des regards furtifs aux alentours, puis démarrèrent et commencèrent à s'éloigner.

— Allez, viens, dit-il en l'entraînant vers la Harley.

Il démarra la moto pendant qu'elle grimpait derrière lui. Quelques secondes plus tard, ils fonçaient dans la rue pour rattraper les camions.

CHAPITRE 26

Lilliana s'accrochait à Killian de toutes ses forces tandis qu'il poussait la moto à toute allure. Une odeur de danger et d'excitation semblait planer dans l'air. Killian était un excellent pilote, forçant la grosse moto à aller là où il le désirait.

Malgré le danger vers lequel ils se précipitaient sans doute, elle sourit.

Beau, dangereux, doux. Voilà comment elle voyait Killian. Son corps la faisait saliver. Il savait comment s'en servir pour lui faire ressentir un plaisir sans pareil.

Dès qu'elle avait posé les yeux sur lui, elle avait su qu'il était dangereux à sa manière de se déplacer lentement, comme s'il traquait un ennemi et décidait s'il allait le laisser vivre ou mourir. Elle avait aussi décelé quelque chose, caché profondément dans son regard. Malgré la façade désinvolte qu'il essayait d'afficher, quelque chose se dissimulait derrière ces yeux gris.

Malgré tout, Killian était doux. Sa manière de la tenir fermement pendant qu'ils faisaient l'amour, et sa façon de l'embrasser comme si elle était précieuse ; ou le fait qu'il fasse toujours attention à ce qu'elle ressentait. Oui, Killian était vraiment gentil.

Son cœur se serra. Il n'allait pas rester éternellement, elle le savait. Elle ne pouvait pas s'attendre à ce qu'il le fasse. Pas à Natchez, Mississippi, avec elle.

Elle prit une grande inspiration et serra plus fort la taille de Killian sans prendre la peine d'essuyer les larmes qui coulaient sur ses joues.

CHAPITRE 27

*I*ls arrivèrent à l'entrepôt juste au moment où les deux camions s'approchaient des zones de chargement en marche arrière.

Killian gara la moto sous l'ombre des arbres, à distance.

Il attendit que Lilliana descende de la Harley pour faire de même. Il la serra contre son flanc et observa les hommes qui déchargeaient les gâteaux et les emportaient à l'intérieur du bâtiment. Ils ne prenaient pas la peine de les mettre dans des boîtes.

Elle posa une main sur son estomac noué.

Qu'elle ait été au courant ou non, elle se retrouvait mêlée à un trafic de drogue. Si quelqu'un apprenait qui avait confectionné les gâteaux, sa carrière serait détruite pour toujours.

— On doit attendre que les camions repartent. Sois patiente, murmura-t-il en lui serrant la main.

Elle calma sa respiration et se concentra sur les allées et venues des criminels.

Il ne fallut pas longtemps aux deux hommes pour

décharger les gâteaux. Dès qu'ils eurent terminé, ils remontèrent dans leurs camions et quittèrent le parking.

— On y va, maintenant ? demanda-t-elle à voix basse.

— *On* ne va rien faire du tout. Juste moi. Reste ici, ordonna Killian.

Elle plissa les yeux, sur le point de protester, mais une fourgonnette noire se gara dans la cour de l'entrepôt.

— Tu sais qui c'est ?

— Je n'en suis pas sûr, mais je pense que c'est l'acheteur des gâteaux.

Killian inclina la tête, semblant évaluer la situation. Il avait l'air si sérieux et intense qu'elle sentit son sang s'échauffer dans ses veines.

Elle s'obligea à tourner la tête vers l'entrepôt. Sa carrière était en jeu ; elle devait rester concentrée et arranger la situation avant que son avenir ne soit irrévocablement compromis.

Le conducteur du fourgon sortit du véhicule et alla ouvrir le coffre pendant qu'un homme de grande taille vêtu d'un costume-cravate descendait à son tour. Il se dirigea lentement vers la porte du bâtiment d'une démarche assurée. Killian n'arrivait pas à distinguer son visage, seulement qu'il était blond.

Dès que l'homme fut entré dans l'entrepôt, les deux gardes dans le fourgon s'y engouffrèrent derrière lui.

— Il va rester un moment, marmonna-t-il en réfléchissant à ce qu'il allait faire.

— On ne devrait pas s'approcher, alors ?

— On va encore rester là quelques minutes. Il attend probablement quelqu'un d'autre.

— Comment est-ce que tu le sais ?

— Juste une intuition.

— Alors, on attend ? demanda-t-elle avant de pousser un

soupir. Je croyais que les détectives avaient des vies excitantes.

Elle croisa les bras et le regarda à travers l'obscurité.

— C'est beaucoup d'action, mais aussi beaucoup d'attente et d'observation. Tu sais, c'est tout ou rien.

Il se crispa en entendant le moteur d'un véhicule en approche. Une voiture de sport hors de prix se gara dans la cour de l'entrepôt. Deux hommes également vêtus de costumes-cravates sortirent du véhicule, jetèrent un coup d'œil dans le parking pour s'assurer qu'ils étaient seuls et entrèrent dans l'immeuble.

— Maintenant, on peut y aller ?

— Tu es vraiment impatiente de te précipiter vers le danger, dit-il d'un air sévère.

— Je ne me précipite pas vers le danger, j'essaie de sauver ma carrière. Plus vite on saura comment ils utilisent mes gâteaux et à qui ils les vendent, plus vite on pourra mettre un terme au trafic.

Elle poussa un soupir.

— Lilliana, je sais que tu as envie d'aider. Et que tu veux protéger ta carrière. Je ne pense vraiment pas qu'elle en souffrira. On va poursuivre ces types en justice et ton nom n'apparaîtra jamais nulle part. Au pire, c'est la réputation de la pâtisserie de Natchez qui en pâtira. Je doute que ce mec puisse rouvrir une pâtisserie un jour.

— C'est triste, dit-elle en secouant la tête.

— Ne sois pas désolée pour lui. Il t'utilise pour tes gâteaux.

— Je sais. Mais c'est triste que quelqu'un tombe si bas. Je ne peux pas m'empêcher d'avoir un peu de peine pour lui.

Il la prit dans ses bras.

— Tu es incroyable, Lilliana Beckway. Je n'ai jamais rencontré une femme avec un cœur aussi grand que le tien.

— Enfin, ne te méprends pas. Si je me retrouve seule dans

une pièce avec Emmet Reece, je compte bien lui dire le fond de ma pensée. Et peut-être lui donner un œil au beurre noir, ajouta-t-elle en souriant.

— Ma petite guerrière. Ça me plaît.

En souriant, il pencha la tête pour lui donner un baiser tendre. Lorsqu'il s'écarta, un peu à regret, elle le regardait avec des yeux brillants.

— Personne ne m'a jamais appelée comme ça, susurra-t-elle en enlaçant sa taille. J'aime bien.

— Tant mieux. Ça te correspond bien.

Sans la lâcher, il se tourna vers l'entrepôt. Il devait se concentrer sur la mission et arrêter de penser à l'embrasser dans le noir. Il avait vraiment du mal à lui résister.

Elle était sa kryptonite, mais il était là pour faire de la reconnaissance. Il attendit encore cinq bonnes minutes puis décida d'agir.

— Je pense que plus personne ne va arriver. Reste ici, je vais essayer de m'approcher pour voir ce qu'ils font à l'intérieur.

— Comment est-ce que tu vas voir quelque chose ? Il n'y a pas de fenêtres.

— Je sais. Je vais entrer, répondit-il en souriant avant de s'éloigner vers l'entrepôt.

CHAPITRE 28

*L*illiana resta bouche bée en voyant Killian partir, la laissant seule sous les arbres.

— S'il croit que je vais rester ici à l'attendre, il se fourre le doigt dans l'œil, grommela-t-elle en se mettant à courir vers le bâtiment.

Killian s'arrêta à la hauteur du premier fourgon, s'accroupit et sortit quelque chose de sa veste, puis il passa la main sous le parechoc arrière. Il s'approcha ensuite de l'autre camion et répéta l'opération.

Elle se demanda s'il installait des traqueurs sur les véhicules. Il se releva, courut jusqu'à la porte, l'ouvrit lentement et se glissa à l'intérieur. Elle cessa de marcher et regarda autour d'elle avant de sortir du bosquet. Elle ne vit aucune voiture en approche et ne remarqua aucun mouvement dans les ombres. Une fois sûre d'être seule, elle tendit le bras vers la porte et ouvrit.

Elle entendit des voix étouffées en passant la tête à l'intérieur, mais le couloir était vide. Elle entra et referma doucement derrière elle pour éviter de faire claquer la porte.

Une odeur étrange flottait dans l'air. Au lieu d'une odeur de renfermé, ça empestait le produit nettoyant.

Elle se frotta les mains sur son jean en hésitant sur la direction à prendre. Elle n'avait pas la moindre idée d'où Killian était parti.

Avec une grimace, elle décida de tourner à gauche et continua d'avancer lentement dans le couloir. Les voix devinrent plus distinctes.

Elle se figea lorsqu'elle entendit des pas venir dans sa direction. Elle essaya de baisser la poignée d'une porte sur sa gauche, qui s'ouvrit. Elle entra dans la pièce et referma derrière elle. Elle pressa son dos contre le mur et devint parfaitement immobile. Les voix et le bruit de pas devinrent plus forts et elle les entendit bientôt clairement, non loin d'elle.

Elle cligna des yeux pour essayer de s'habituer à l'obscurité tout en tentant de ralentir sa respiration.

— Je t'ai dit que j'avais besoin de plus de gâteaux, dit un homme avec colère. Comment je suis censé vendre ma meth avec seulement vingt gâteaux par jour ?

— Je l'ai dit à Reece, mais d'après lui, la pâtissière a déjà du mal à en produire une vingtaine. Il pense qu'elle refusera s'il lui en demande plus. Et puis, il lui a accordé les samedis et les dimanches de congé, répondit un autre homme.

Celui-là avait un accent ; potentiellement un natif du Sud.

— Quoi ? Les samedis et les dimanches ? C'est pas lui qui décide des jours de repos. Je fais tourner un putain de commerce, pas une garderie, s'énerva le premier avant de donner un coup de poing dans la porte de la pièce où se cachait Lilliana.

Elle se pétrifia et retint son souffle jusqu'à ce que ses poumons brûlent.

— Je sais bien, Ringo, je sais bien. On a peut-être besoin

d'un autre fournisseur. Après tout, pourquoi on pourrait pas planquer la drogue dans des éclairs ?

— Des éclairs ? Tu sais combien de foutus éclairs on aurait besoin de remplir pour écouler toute cette meth ? grommela Ringo. Et puis, on a une méthode, un système qui fonctionne. Je veux pas que ça change.

— D'accord. Je dirai à Emmet Reece de persuader la fille d'en produire plus, soupira l'autre homme.

Lilliana prit une petite inspiration. L'odeur de cigarette lui fit plisser le nez.

Elle entendit les pas s'éloigner dans le couloir et disparaître peu à peu. Elle posa la main sur sa poitrine pour essayer de calmer son cœur qui battait à tout rompre, puis elle ouvrit lentement la porte et passa la tête dans le couloir.

— Merde, laissa-t-elle échapper en découvrant Killian devant elle.

Il la repoussa à l'intérieur de la pièce et referma derrière lui.

— Qu'est-ce que tu fous ici ? Je t'avais dit de ne pas bouger, murmura-t-il sévèrement.

— Je sais, mais je ne pouvais pas te laisser y aller seul. Et puis, j'ai appris des choses.

— Quoi ?

— Ils veulent que je produise plus de gâteaux et que je travaille le weekend. J'ai l'impression qu'avec ces types, refuser n'est pas une option. Et toi, tu as trouvé quelque chose ? demanda-t-elle en essayant de distinguer son visage dans le noir.

— J'ai entendu deux des mecs armés discuter. Ils emmènent les gâteaux à Memphis. Je savais que cette ville avait un problème de drogue, mais je n'aurais jamais pensé que les produits venaient directement du Mississippi. Barrett ne va pas être content. C'est une belle merde, lâcha-t-il en s'ébouriffant les cheveux.

— C'est qui, Barrett ?

— Mon patron.

Sans être un mensonge, ce n'était pas l'entière vérité.

— Je dois savoir exactement où ils emmènent la drogue à Memphis. On sait que c'est la pâtisserie de Natchez qui la produit ; maintenant, je dois découvrir qui l'achète et le supprimer.

— Le supprimer ? Ça n'a pas l'air très honorable. Tu n'es pas censé l'arrêter, plutôt que le tuer ? demanda-t-elle en penchant la tête.

Killian ne répondit pas. L'énergie dans la pièce changea légèrement.

— Killian ?

Elle tendit le bras vers lui, mais il lui attrapa la main avant qu'elle ne le touche.

— On doit y aller. J'aimerais bien pouvoir te déposer à Monmouth, mais je dois suivre les véhicules jusqu'à Memphis.

— Je ne veux pas que tu me déposes. Je veux t'accompagner.

— Et quand tu ne pourras pas livrer tes gâteaux demain ?

— Ça n'aura pas d'importance. D'ici là, on les aura arrêtés. Et de toute manière, je ne compte plus jamais livrer quoi que ce soit à la pâtisserie de Natchez.

CHAPITRE 29

*K*illian ouvrit la porte, jeta un œil dehors et renifla l'air. Les odeurs des humains commençaient à s'effacer. C'était une bonne chose. Au moins, les types n'étaient plus dans les parages.

Il commença à avancer dans le couloir en tirant Lilliana par la main. Il tendait l'oreille, à l'affût du moindre bruit de pas approchant dans leur direction.

Il n'aimait pas la mettre en danger de la sorte, mais il devait découvrir le fin mot sur cette affaire, et il ne pouvait plus revenir en arrière. Barrett comptait sur lui. Il ne voulait pas décevoir son chef de meute.

Il sentit le danger avant de le voir. Il se figea, les tripes soudain nouées.

— Qu'est-ce qui se passe ? murmura Lilliana juste un peu trop fort.

— Qu'est-ce que vous faites ici ?

Un homme barbu à la carrure musclée armé d'un fusil d'assaut apparut sur le pas d'une porte ouverte. Le fusil était braqué sur eux.

— On cherchait un coin sympa pour faire la fête, tu vois,

répondit Killian avec un sourire dégagé en croisant les doigts pour que le type gobe son histoire.

L'homme parut méfiant. Son regard fit des allers-retours entre Lilliana et lui.

— Vous avez fait toute cette route pour faire la fête ? lâcha-t-il d'un ton soupçonneux.

— Allez, sois sympa, mon gars, insista Killian en éclatant de rire avant d'attirer Lilliana contre son torse. Je cherche juste un coin tranquille pour moi et ma gonzesse.

Lilliana se raidit légèrement à ce choix de terme peu respectueux, mais ne dit rien.

— Allen, qu'est-ce que tu fous ? demanda un autre homme en arrivant derrière lui.

C'était celui qui était arrivé dans la voiture de sport. En découvrant Killian et Lilliana, il s'arrêta et plissa les yeux.

— Vous êtes qui, putain, et qu'est-ce que vous faites dans mon entrepôt ?

Il plongea la main dans la poche de sa veste et en sortit un neuf millimètres.

Killian savait qu'à moins que les balles soient en argent, une arme à feu ne pouvait pas le tuer. En revanche, ça lui ferait un mal de chien et il n'était vraiment pas d'humeur à souffrir le martyre.

— On savait pas que c'était privé, on croyait que c'était abandonné. Personne ne travaille ici depuis...

— Des années, acheva Lilliana à sa place.

— Vous mentez. Les gens qui me mentent se font tirer dessus, dit le conducteur de la voiture de sport en pointant son arme vers Killian.

— Bon, d'accord. Vous voulez la jouer comme ça ?

Killian perdit son sourire et poussa Lilliana pour la placer dans son dos avant de se jeter sur l'homme. Un coup de feu retentit dans le couloir. Il sentit la balle frôler son visage alors qu'il atterrissait sur le tireur et le plaquait par terre. Il commença à cribler son visage de coups de poing.

— Killian ? l'appela Lilliana d'une voix étrange.

Il cessa de frapper l'homme et se retourna, pris d'un mauvais pressentiment.

Lilliana était allongée par terre, son visage blanc comme un linge, un bras serré contre son ventre.

Il sentit la terreur le glacer jusqu'aux os. Il se précipita vers elle et s'agenouilla à ses côtés.

— Laisse-moi voir, dit-il doucement.

Les deux hommes partirent à reculons. Il ne savait pas s'ils comptaient revenir, mais dans le doute, ils devaient sortir d'ici au plus vite.

Le sang commençait à tacher la manche de Lilliana. Elle grimaça lorsqu'il retroussa le tissu et lui fit bouger le bras pour examiner la blessure.

— Désolé, ma belle. J'ai besoin de voir.

— Je n'arrive pas à croire qu'on m'a tiré dessus, haleta-t-elle avant de fermer les yeux.

Il repéra la petite plaie sur son bras. Même si elle semblait propre, il sentit son cœur se serrer.

— La bonne nouvelle, c'est que la balle n'a rien touché de vital. La mauvaise, c'est que je dois te faire sortir d'ici avant que ces enfoirés ne reviennent, dit-il en la regardant dans les yeux. Tu crois que tu peux marcher ?

— Ouais.

Elle poussa un petit cri alors que Killian l'aidait à se remettre debout, restant en alerte au cas où des pas se feraient entendre.

— On doit faire vite.

Il la souleva dans ses bras et commença à courir dans la direction opposée à celle qu'avaient pris les hommes armés. Il allait d'abord mettre Lilliana à l'abri, puis il reviendrait se débarrasser de ces connards pour de bon.

Il tourna à gauche au bout du couloir et entendit des voix en train de crier des ordres quelque part derrière eux.

— Accroche-toi, ma belle.

Il faisait de son mieux pour la garder blottie contre son torse et pour ne pas la heurter alors qu'il courait.

— Je peux supporter la douleur, dit-elle entre ses dents serrées.

La voir essayer de rester brave alors qu'elle souffrait lui brisa le cœur. Elle était peut-être humaine, mais elle avait le courage d'un loup.

Il tourna dans un autre couloir, les éloignant des voix, puis il prit un virage à droite et vit une porte donnant sur l'extérieur.

— Enfin, murmura-t-il en courant jusqu'à l'issue.

Après avoir jeté un dernier regard par-dessus son épaule, il ouvrit la porte et fonça dans la nuit.

CHAPITRE 30

*L*illiana serra les mâchoires et tenta d'ignorer la douleur dans son bras. Elle était stupéfaite de voir Killian courir à une telle vitesse alors qu'il la portait. Il avait une force quasi-surhumaine.

Peut-être que le choc d'être blessée par balle transformait son cerveau en bouillie ou que la douleur déformait sa vision de la réalité ?

Killian s'arrêta devant sa Harley et installa précautionneusement Lilliana sur le siège.

— Tu pourras te tenir ?

— Je crois.

— J'ai besoin que tu fasses encore un petit effort, Lilliana, d'accord ?

Il monta à son tour sur la moto et démarra le moteur. Des hommes sortirent de l'entrepôt en courant. Ils étaient armés, et commencèrent à passer le périmètre au peigne fin.

Elle serra la taille de Killian lorsqu'il sortit en trombe de la ligne d'arbres. Il accéléra en passant devant les hommes, qui se mirent à leur tirer dessus.

Elle pressa son visage contre son dos et ferma les yeux. Le

vacarme des coups de feu lui faisait efficacement oublier sa douleur.

Killian accéléra encore plus une fois sur la route principale. Il posa une main sur la sienne et la serra de manière rassurante.

Elle entrelaça ses doigts aux siens. Pour quelqu'un qui paraissait si dur à cuire, il était vraiment prévenant.

Elle restait à l'affût, craignant d'entendre des voitures les rattraper à tout moment, mais elle n'entendait que le gronde-ment de la Harley et le sifflement du vent alors qu'ils fonçaient à travers la nuit.

Elle se détendit un peu malgré la douleur mordante dans son bras, qu'elle faisait de son mieux pour occulter.

— Accroche-toi, Lilliana. On sera bientôt à Monmouth.

— Monmouth ? On ne va pas à l'hôpital ?

— C'est le premier endroit où ils nous chercheront. Ils sont probablement déjà en train de surveiller les urgences. Ne t'inquiète pas. Ce n'est pas aussi grave que ça en a l'air. La balle n'a pas touché d'artère, on ne t'aurait fait qu'un panse-ment à l'hôpital. Je peux m'en occuper.

Elle acquiesça, sa tête toujours contre son dos, et essaya de penser à n'importe quoi plutôt qu'à son bras lancinant.

Ils se garèrent devant l'auberge Monmouth après ce qui lui parut une éternité. Toutes les lumières étaient éteintes, et l'endroit était silencieux.

Killian roula jusqu'à l'entrée de son chalet et coupa le moteur. Elle essaya de descendre de moto, mais sentit la tête lui tourner.

— Attends, laisse-moi t'aider.

Killian mit la béquille et descendit de la Harley. Il aida Lilliana à passer ses jambes d'un côté de la moto, puis la reprit entre ses bras musclés.

— Tu n'as pas besoin de me porter. Je peux marcher, tu sais.

— Je préfère te porter, dit-il en se hâtant vers la porte du chalet.

— J'ai la clé.

Elle la sortit de la poche de son jean, et Killian se baissa pour qu'elle puisse l'enfoncer dans la serrure.

Dès que ce fut ouvert, il entra dans la pièce plongée dans le noir et alla l'allonger délicatement sur le lit.

— Je vais saigner sur ma couverture, ronchonna-t-elle.

— Je t'en achèterai une autre.

Il partit verrouiller la porte d'entrée et alla chercher des serviettes dans la salle de bains, d'où il rapporta également un kit de premiers soins qu'elle gardait dans le placard sous l'évier. Il posa le tout sur le lit et s'assit près d'elle.

— Je dois d'abord enlever ces vêtements, dit-il en tendant la main vers sa veste.

— Tu es toujours en train d'essayer de me déshabiller, le taquina-t-elle faiblement.

Il rit doucement.

— Ce n'est pas faux.

Les yeux de Killian étaient tristes alors qu'il lui enlevait la veste. Il saisit ensuite l'ourlet de son haut entre ses mains et parut hésiter. Elle lui toucha la joue.

— Ça va. Fais ce que tu dois faire. Je peux le supporter.

Killian lui retira rapidement l'habit taché de sang et le laissa tomber par terre. Elle serra les dents et se rallongea sur le lit, laissant Killian examiner la blessure.

— Je dois te désinfecter avant de faire le pansement, dit-il lorsqu'il releva les yeux vers elle.

Elle acquiesça en silence.

— Tu as de l'alcool ou quelque chose du genre ?

— J'ai du vin, mais je ne pense pas que ça désinfectera la plaie.

— Ce n'est pas pour te désinfecter. C'est pour la douleur,

expliqua-t-il avant d'aller chercher la bouteille de vin rouge dans la cuisine.

Il trouva un tire-bouchon dans un tiroir, déboucha la bouteille et versa une dose généreuse d'alcool dans un verre.

Il revint près d'elle et lui mit le verre dans la main.

— Tiens. Bois tout.

Elle fit la grimace.

— D'habitude, j'aime bien savourer ma bouteille de Bordeaux, mais puisque c'est une urgence, je suivrai les ordres du médecin.

Elle porta le verre à ses lèvres et but. Les tannins la firent grimacer mais elle avala tout le verre. Après avoir bu la dernière goutte, elle le rendit à Killian en frissonnant.

— Le vin n'est pas fait pour être sifflé comme ça. C'est presque lui manquer de respect.

— Je t'achèterai une autre bouteille quand tu seras guérie, dit-il en souriant. Qu'est-ce que tu en penses ?

— Ça me paraît super.

Elle poussa un soupir en sentant l'alcool la réchauffer progressivement et détendre son corps.

— Ça va faire mal, la prévint Killian d'un air inquiet. J'essaierai de faire aussi vite que possible.

— Je te fais confiance, répondit-elle en lui faisant un sourire d'encouragement.

C'était la vérité. Elle lui faisait entièrement confiance, de tout son être.

Et, malheureusement, de tout son cœur.

CHAPITRE 31

*K*illian désinfecta la blessure avec beaucoup de soin. Chaque fois qu'il essuyait le sang, il en coulait encore plus. Il appuya sur la plaie, tirant une grimace à Lilliana.

— Désolé. J'essaie juste d'arrêter l'hémorragie.

— J'ai toujours beaucoup saigné. J'aurais dû penser à te le dire.

— Hémophilie ? demanda-t-il, sourcils froncés.

— Non, répondit-elle avec un sourire faible. Ma mère m'a fait passer des examens quand j'étais petite. Je ne suis pas hémophile.

— Appuie là, je vais te resservir du vin.

Il posa la main de Lilliana sur la blessure et prit le verre sur la table de chevet.

Il aurait aimé avoir quelque chose de plus fort pour lui-même.

Il revint près du lit et lui tendit le verre.

— Bois ça, et je vais faire le pansement.

Elle vida lentement le contenu du verre, le lui rendit et se rallongea dans le lit.

Il pouvait voir de la confiance dans ses yeux. Ça le secouait au plus profond de son être.

Il s'assit sur le lit et sortit de la bande avant d'appliquer une crème antibiotique sur la plaie. Le sang avait enfin cessé de couler.

Il enroula le pansement autour de son bras et le fixa.

— Tu es un docteur très sexy, Killian, dit doucement Lilliana.

Elle commença à avoir du mal à articuler. Il sourit tout en rassemblant les pansements sur la table de chevet.

— Ah oui ?

— Oui, dit-elle en tapotant son torse. Si tu en as marre des enquêtes, tu devrais envisager de faire médecine.

— Ouais, bien sûr. Je me vois bien aller à la fac, lâcha-t-il.

— Tu pourrais. Tu pourrais tout faire. Tu es très intelligent.

— Et toi, tu es très bourrée, dit-il en secouant la tête.

Elle fronça les sourcils.

— Tu ne penses pas que tu es intelligent ? demanda-t-elle en lui prenant le bras jusqu'à ce qu'il la regarde.

— Mon travail me demande de me servir de mes mains et de ma force. Pas de mon cerveau. On m'a répété suffisamment de fois quand j'étais petit de ne pas viser trop haut, répondit-il avant de se forcer à rire.

De vieilles insécurités firent irruption dans son esprit avant qu'il ne puisse les en empêcher.

— Tes parents t'ont dit ça ?

— Mon père. Assez souvent. Ma mère ne s'intéressait pas vraiment à moi. Elle était trop occupée à organiser des fêtes et à maintenir son statut social, dit-il avec un haussement d'épaule.

— Il doit regretter ses paroles maintenant, en voyant ce que tu es devenu.

— Je n'en sais rien. Je ne les ai pas vus depuis des années.

— Quoi ?

— C'est plus simple comme ça. Et puis, les mâles avec qui je travaille sont comme ma famille.

Ce n'était pas un mensonge. Lorcan et Brutus étaient comme des frères pour lui, plus proches que sa propre famille.

— Et tu m'as aussi, dit-elle en souriant.

Elle lui prit la main et ferma les yeux.

— C'est marrant. Tu as dit « mâles » au lieu de dire « hommes ». Comme si tu parlais d'animaux.

Merde. Il devait faire plus attention à ce qu'il disait en sa présence.

— Attends. Laisse-moi t'installer mieux, dit-il en lui retirant ses bottes. Le jean aussi ?

Il leva la tête, attendant sa permission.

— Oui, s'il te plaît, répondit-elle avec un sourire endormi.

Il fit descendre le jean jusqu'à ses chevilles puis s'allongea dans le lit à côté d'elle. Elle lui sourit et se blottit contre lui, s'imbriquant parfaitement contre son corps.

Il poussa un soupir et laissa le sommeil l'emporter, Lilliana entre ses bras et dans son cœur.

CHAPITRE 32

*K*illian se réveilla avant le lever du soleil. Il dégagea son bras sous la tête de Lilliana et grimaça en sentant sa nuque ankylosée et douloureuse.

Il n'avait pas l'habitude de passer la nuit avec une femme. D'habitude, il s'en allait toujours après le sexe. Mais il avait envie de s'attarder auprès de Lilliana.

Il la regarda. Elle dormait paisiblement. Ses cheveux sombres encadraient son visage, ses longs cils reposant contre sa joue. Il repoussa lentement la couverture pour examiner son pansement, détacha délicatement la bande et jeta un œil à la plaie.

Elle avait toujours l'air moche, mais elle cicatriserait avec le temps. Heureusement, elle ne saignait plus.

Lilliana ouvrit les yeux et le regarda avec des yeux lourds de sommeil.

— Alors, qu'en pensez-vous, docteur Killian ?

Il lui caressa la joue en souriant.

— C'est très bon signe. Tu seras remise dans quelques jours.

— Tu vois, je t'avais dit que je ne craignais pas les coups de feu, dit-elle avec un large sourire.

Il perdit le sien.

— Arrête. Ce n'est pas drôle.

— Désolée. J'essayais juste de détendre l'atmosphère.

Elle grimaça en essayant de s'asseoir.

— Hé, attends. Qu'est-ce que tu fais ?

— Je dois me lever pour préparer le petit-déjeuner. Des hôtes sont inscrits.

— Oh non, c'est hors de question. Tu ne vas rien faire du tout.

— Mais madame Spell compte sur moi, dit-elle en fronçant les sourcils. Je n'ai jamais manqué un repas.

— Alors, il est grand temps que tu prennes un jour de repos.

Il remit la couverture sur elle et la borda.

— Ne bouge pas. Je vais la prévenir que tu es malade.

— Attends, tu ne peux pas faire ça. Pourquoi est-ce que tu saurais que je suis malade ? On n'est même pas vraiment censés se connaître. Elle va croire qu'il se passe quelque chose entre nous.

Le sourire de Killian s'élargit.

— Il se passe quelque chose entre nous, dit-il avant de se pencher et de l'embrasser.

— Elle n'a pas besoin de le savoir. Elle a été très claire, les employés ne sont pas censés batifoler avec les clients.

Lilliana se trémoussa dans le lit, semblant très mal à l'aise.

— Tant mieux. Je ne suis pas vraiment un client. Je suis en train de mener une enquête. Donc, on peut batifoler autant qu'on veut.

— Je dois me lever, dit-elle en essayant à nouveau de s'asseoir.

— Arrête. Je ne te laisserai aller nulle part. Je t'enfermerai dans cette chambre, s'il le faut.

— La porte se ferme de l'intérieur, donc bon..., remarqua-t-elle en haussant un sourcil.

— Écoute, ne sors pas de ce lit, d'accord ? Tu veux bien faire ça pour moi ?

Il la regarda longuement sans ciller.

— Très bien. Si je me fais virer, je vendrai des donuts avec un chariot dans la rue, lâcha-t-elle avec un regard noir.

— Parfait. J'adore les donuts.

Il tourna les talons et sortit de la chambre avant qu'elle ne puisse répondre. Le ciel commençait à peine à prendre une teinte mauve et grise, signalant l'aube. L'air frais et piquant était agréable contre sa peau. Malgré la désastreuse mission de reconnaissance de la veille, il se sentait empli d'espoir. Lilliana allait bien, et c'était tout ce qui importait.

Il entra par la porte de service de l'auberge. Mme Spell était en train de préparer du café dans la cuisine. Son regard s'illumina en le voyant.

— Killian, je ne m'attendais pas à vous voir si tôt. Le café sera prêt dans une minute.

— Merci, madame Spell, répondit-il en se frottant la nuque. En fait, c'est vous que je cherchais, pas le café.

— Vraiment ? Que puis-je faire pour vous, mon cher ?

— C'est Lilliana. Je l'ai croisée dans le jardin, et elle est vraiment patraque. Elle ne pourra pas préparer le petit-déjeuner ni le dîner aujourd'hui.

— Oh non, s'écria Mme Spell avec une expression soucieuse. C'est un problème. Je n'ai encore jamais annulé un repas pour mes hôtes.

— Dans tous les cas, vous ne voudriez pas qu'elle cuisine si elle a attrapé un virus. Si vos clients tombaient malades, ils pourraient vous donner une mauvaise réputation.

Elle écarquilla les yeux.

— Vous ne pouvez pas tout simplement annuler ?

126

— Non, je le crains. Je suppose que je peux me débrouiller pour ce matin avec des œufs, du bacon et des tartines, mais je ne sais vraiment pas quoi faire pour le dîner. Huit personnes sont déjà confirmées pour ce soir.

— Commandez auprès d'un traiteur, suggéra-t-il en haussant les épaules.

Mme Spell poussa un petit cri et posa une main sur son cœur.

— Un traiteur ? Je ne pourrais jamais.

— Pourquoi pas ? Ce sont des touristes, ils ne le sauront pas.

— Moi, je le saurais, Killian, dit-elle en pinçant les lèvres.

Il se retint de lever les yeux au ciel.

— D'accord. Je vais cuisiner.

— Vous ?

— Oui, moi. Ça ne peut pas être si compliqué. J'ai déjà fait la cuisine.

C'était un mensonge éhonté : il n'avait jamais préparé que des steaks. Mais s'il devait se mettre aux fourneaux pour que Lilliana puisse se reposer, il se sentait l'âme d'un chef cuisinier.

— Je ne sais pas, Killian. Nos clients viennent pour vivre une expérience, pas pour manger un repas ordinaire qu'ils pourraient préparer chez eux.

— Faites-moi confiance, ce ne sera pas un repas ordinaire. Je m'occupe de tout, dit-il en lui serrant l'épaule d'un geste rassurant.

— D'accord. Je vous laisse préparer à dîner ce soir. Mais si ce n'est pas un succès, Lilliana perdra sa place.

Sur ces mots, elle quitta la cuisine et se dirigea vers la salle à manger.

Il sortit son portable de la poche de son jean et composa un numéro.

— Qu'est-ce que tu veux ? grommela Brutus dans le combiné.

Killian poussa un soupir et ravala sa fierté.

— J'ai besoin de ton aide.

CHAPITRE 33

— *P*utain, qu'est-ce qui se passe ? grogna Brutus en plantant les mains sur ses hanches.

Killian lui donna une claque amicale dans le dos.

— Mon pote, je t'ai dit que j'avais besoin d'aide.

— Ouais, mais t'as pas précisé que c'était pour préparer à dîner. Killian, tu m'as dit que tu avais besoin de renfort.

— C'est le cas, lui assura-t-il en souriant. J'ai besoin de renfort en cuisine.

Brutus le foudroya du regard.

— Je suis un Assassin. Pas un foutu cuistot.

— Chut, le rabroua Killian. Je ne veux pas que toute l'auberge sache qui on est.

— Comment tu t'es retrouvé dans cette situation, au fait ? demanda son ami avec un regard blasé. Ça n'a rien à voir avec la mission de reconnaissance que t'a donnée Barrett.

Killian referma la porte de la cuisine avant de se retourner vers Brutus.

— Au contraire, ça a tout à voir. Et si ça ne t'ennuie pas, tu pourrais parler moins fort ?

Brutus soupira et prit place sur une chaise autour de la table de la cuisine. Le bois craqua sous son poids.

— D'accord. Mais explique-moi en quoi préparer le dîner a un rapport avec la mission.

Killian se frotta les yeux.

— J'ai découvert le lien entre la pâtisserie et le trafic de drogue. Le propriétaire de la pâtisserie de Natchez paie quelqu'un pour confectionner des gros gâteaux, les gâteaux colibri, et il cache la drogue dedans.

— Alors, on doit arrêter la personne qui fabrique ces gâteaux et le propriétaire de la pâtisserie, dit Brutus en se levant. Tu l'as dit à Barrett ?

— Non.

— Putain, et pourquoi ?

Killian leva la main et prit une inspiration avant de répondre.

— La fille qui fabrique les gâteaux n'avait pas la moindre idée qu'on les utilisait pour transporter de la drogue. Elle est innocente. Et on ne peut pas arrêter le propriétaire de la pâtisserie parce que je ne sais pas encore où les gâteaux sont livrés. Je compte y retourner après le dîner et suivre les livreurs jusqu'à leur destination.

— Et dis-moi encore une fois pourquoi c'est à nous de préparer à dîner ?

— Parce que la personne qui fabrique les gâteaux cuisine aussi à Monmouth, répondit Killian entre ses dents. Elle était avec moi hier soir, et elle a été blessée par balle.

— Putain, Killian. Tu es dingue ? Emmener une femelle avec toi ?

Les yeux de Brutus flamboyèrent.

— Je n'avais pas le choix. C'est une humaine très têtue, se défendit Killian.

— Une humaine ? Merde, tu es taré ?

— Pas que je sache, marmonna Killian en se passant la main dans les cheveux.

Un petit sourire flotta sur les lèvres de son ami.

— Oh, je comprends mieux.

— Qu'est-ce que tu comprends ?

— Tu ne prends pas la mission au sérieux parce que tu es trop occupé à tirer ton coup avec cette humaine. Elle doit avoir une chatte exceptionnelle. D'habitude, tu préfères coucher avec des louves, se moqua Brutus.

— Fais attention à ce que tu dis sur Lilliana, gronda-t-il.

— Alors, elle s'appelle Lilliana.

Killian se passa une main sur le visage, soudain fatigué.

— Brutus, est-ce que tu vas arrêter de me casser les couilles et m'aider pour le dîner ?

Le loup le regarda sans rien dire, et Killian fut presque sûr qu'il allait l'envoyer se faire foutre.

— C'est cette femme qui cuisine, d'habitude ? demanda-t-il finalement.

— Oui. Et elle a besoin de ce travail. C'est pour ça que j'ai dit à la propriétaire de l'auberge que je la remplacerai ce soir.

— Pourquoi t'as pas juste appelé un traiteur ?

— Je lui ai proposé, mais elle a refusé qu'on commande les plats. Elle dit que ses clients sont là pour vivre une expérience gustative et qu'ils veulent un repas fait maison.

— Pourquoi ne pas avoir appelé Lorcan ? Il prépare des dîners gastronomiques tout le temps.

— J'ai essayé, avoua Killian en regardant le sol. Mais il n'a pas répondu.

— Donc, je suis ton second choix. Je savais que tu étais un enfoiré.

Brutus croisa les bras, manifestement vexé.

— Mais toi aussi, tu sais cuisiner. Tu te rappelles le repas que tu nous as préparé quand on traquait ce tueur en série dans la forêt ? On n'avait plus rien à manger, mais tu as chassé un écureuil et tu l'as fait cuire sur le feu. Je n'avais jamais vu un écureuil aussi gros, ni aussi savoureux, se souvint Killian en souriant.

— Abruti. C'était pas un écureuil, c'était un ragondin. Je te jure, t'as une mémoire de poisson rouge.

— Un ragondin ? Tu es sûr ? Mais il avait les mêmes dents qu'un écureuil.

Killian se sentit vaguement nauséeux.

— Je sais reconnaître un putain de ragondin. J'essayais d'attraper une marmotte, mais cette saloperie a été trop rapide. Alors j'ai chopé ce que j'ai trouvé. La viande, c'est de la viande, grogna Brutus en haussant les épaules.

Killian ferma les yeux et inspira profondément.

— Écoute, on doit préparer le dîner de ce soir et je n'y arriverai pas tout seul. J'ai besoin d'aide.

— Je vais le faire. Mais après le dîner, on va suivre les livreurs. Et ne t'imagine pas que ta petite copine est tirée d'affaire. Puisque tu es apparemment trop proche de la situation, je vais mener ma propre enquête, ajouta-t-il en pointant Killian du doigt.

— Si tu veux, mon pote. Aide-moi juste à préparer le repas. Par quoi est-ce qu'on commence ?

Brutus réfléchit un instant en regardant par la fenêtre.

— D'abord, il nous faut de la viande. Je pense que je sais où en trouver.

Il ouvrit la porte et sortit dans le jardin. Killian courut jusqu'à la porte et lui cria alors qu'il s'éloignait en direction de la forêt :

— Brutus ! Pas de ragondins.

CHAPITRE 34

$\mathcal{L}$illiana se tourna vers la fenêtre et regarda la lumière déclinante du jour, puis l'heure sur son portable. Presque dix-neuf heures, l'heure du dîner.

Killian était passée la voir plusieurs fois pour lui apporter à manger et lui proposer des antidouleurs. Elle avait dormi par intermittence toute la journée, mais à présent, elle avait envie de sortir du lit.

Elle se redressa sur ses coudes. Son bras était endolori, mais elle n'avait plus l'impression qu'il était en feu. Elle retroussa sa manche et détacha délicatement le pansement qu'avait confectionné Killian avec tant de soin.

Elle ne saignait plus. Heureusement pour elle, Killian avait raison. Il s'y connaissait suffisamment en blessures par balle pour la soigner sans l'emmener aux urgences. Au départ, elle avait été stupéfaite. Et effrayée. Ne se rendait-il pas compte qu'elle n'était pas invincible ? Mais il avait été si convaincant qu'elle avait accepté de se laisser conduire à Monmouth au lieu d'aller à l'hôpital.

Elle repoussa la couverture et se leva. Lorsque son ventre

gronda, elle se rendit compte qu'elle était affamée. Elle décida d'aller voir le repas que Killian avait préparé, et peut-être d'en manger une assiette.

* * *

APRÈS UNE DOUCHE RAPIDE, elle mit un jean et un t-shirt rouge à manches longues, enfila ses bottes et ramassa ses clés sur le comptoir avant de sortir.

Elle verrouilla sa porte et commença à marcher en direction de l'auberge.

L'air frais de la nuit jouait avec ses cheveux, qui lui chatouillèrent le visage.

Elle adorait le printemps. Cette saison lui évoquait toujours le renouveau et lui donnait l'impression que tout était possible. Et depuis qu'elle avait rencontré Killian, elle lui évoquait une chose sur laquelle elle ne s'était jamais autorisée à fantasmer. L'amour.

Elle cessa brusquement de marcher quand le mot commençant par un A résonna dans son esprit. Elle secoua la tête et serra les poings contre ses flancs.

— Non. N'y pense même pas, ma fille. Il n'est pas fait pour toi. C'est quelqu'un d'important, il a une carrière exigeante et ce n'est pas le genre d'homme à avoir envie de se poser.

Elle gémit. Non seulement elle avait des sentiments pour Killian, mais elle était en train de perdre la boule et commençait à parler toute seule.

— Parfait, grommela-t-elle dans sa barbe.

— Qu'est-ce qui est parfait ? demanda une voix grave dans son dos.

Elle sursauta et fit volte-face vers l'inconnu masqué par l'obscurité.

— Bon sang, vous m'avez fait peur.

— Désolé. Je prenais juste l'air après dîner.

L'homme gigantesque avança dans la lumière s'échappant par la porte ouverte.

Elle sentit sa gorge se nouer. Il avait l'air extrêmement dangereux.

Son regard descendit le long de son corps massif. Il faisait la même taille que Killian mais était plus large, avec des muscles plus proéminents.

L'inconnu avait la tête rasée à la façon militaire et ses yeux étaient brun foncé. Il portait un t-shirt noir, un jean sombre, des bottes de moto et des mitaines en cuir.

Son regard lui rappela celui de Killian. Ses yeux aussi semblaient avoir vu bien plus de choses qu'elle ne pouvait l'imaginer.

— Vous êtes un hôte ? Vous avez dû arriver aujourd'hui, dit-elle.

— Non et oui.

Il détacha son regard scrutateur d'elle et tourna la tête vers le jardin.

— Je vous demande pardon ?

— Non, je ne suis pas un hôte. Oui, je suis arrivé aujourd'-hui. Je suis Brutus, répondit-il sèchement en retournant la tête vers elle. Killian m'a appelé. Il m'a dit qu'il avait besoin d'un coup de main en cuisine.

— Je suis Lilliana. Vous êtes un chef ?

Elle trouvait qu'il avait plutôt l'air d'un tueur en série, bien que séduisant.

— Quelque chose comme ça. Il paraît que vous faites des gâteaux, ajouta-t-il en plissant les yeux.

— Killian vous a parlé de moi.

Son cœur battit un peu plus fort. Elle ne savait pas si c'était une bonne ou une mauvaise chose.

Killian sortit de la cuisine et stoppa net en la voyant en train de parler à Brutus. Un pli soucieux lui barra le front.

— Lilliana, tu devrais être au lit.

— En fait, je me sens beaucoup mieux, répondit-elle tandis que ses yeux faisaient des allers-retours entre Brutus et lui. Mon rhume n'est plus qu'un mauvais souvenir.

— Ta blessure par balle, tu veux dire, fit Brutus.

Elle écarquilla les yeux.

— Tout va bien, il est au courant. Il travaille avec moi, dit Killian à voix basse.

— Oh, alors vous êtes un...

— Oui, il est détective aussi, compléta rapidement Killian en échangeant un regard avec Brutus.

— Ah, vous voilà, dit Mme Spell en sortant de la cuisine. Je me demandais où vous étiez passés, tous les deux.

Elle leva le menton en apercevant Lilliana.

— Lilliana. Tu sembles aller mieux.

— En effet, répondit-elle avec un sourire. Je crois que j'avais juste besoin de repos.

Mme Spell hocha la tête.

— Eh bien, je dois avouer que tu peux remercier Killian et Brutus. Ils ont préparé un dîner fantastique. Nos hôtes ne tarissent pas d'éloges.

— Vraiment ?

Elle observa Killian en coin, qui avait levé le nez vers le ciel pour masquer sa grimace.

— Absolument. Ils disent tous que c'était un repas extra-ordinaire. Les touristes français ont dit qu'ils n'avaient jamais rien goûté de meilleur, dit Mme Spell en souriant aux deux hommes. Bon, je vais aller servir les digestifs dans le salon. Et Killian, merci mille fois pour votre aide ce soir.

— Aucun problème, répondit ce dernier en hochant la tête.

Quand il se retourna vers Brutus, il avait l'air agacé.

— Qu'est-ce qui se passe ? demanda Lilliana.

— Mec, j'arrive pas à croire ce que tu as servi à ces gens. C'était censé être un dîner classe, dit Killian en foudroyant Brutus du regard.

Brutus se semblait pas ébranlé.

— Tout le monde a trouvé ça bon.

— Ils ont dit que ça ressemblait à du porc, lâcha Killian entre ses dents.

— Ou à de la poitrine de bœuf, ajouta Brutus. C'est ce qu'a dit la vieille dame avec les cheveux bleus.

Lilliana était de plus en plus inquiète en observant l'inter-action entre les deux hommes. Elle sentait l'agacement irra-dier de Killian par vagues.

— Qu'est-ce que vous avez préparé ? demanda-t-elle, bras croisés.

Brutus tourna la tête vers la forêt et plissa les yeux.

— Vous avez vu ?

— Vu quoi ?

Elle sentit les poils de sa nuque se dresser au garde-à-vous. Les hommes qui lui avaient tiré dessus avaient-ils fini par remonter sa trace jusqu'à l'auberge Monmouth ? Venaient-ils finir le boulot ?

— On dirait un opossum.

Sans un mot de plus, Brutus se mit à courir en direction des arbres. Lilliana respira un peu plus facilement dès le départ de l'intimidant collègue de Killian.

— Qu'est-ce qu'il lui prend ?

— C'est typique de Brutus, dit-il en secouant la tête.

— Tu ne m'as toujours pas dit ce que vous avez servi à dîner.

Il inspira profondément et souffla avant de répondre.

— Un ragoût. En quelque sorte.

— Comment ça, en quelque sorte ? Et où avez-vous trouvé la viande ? Il y avait un rôti dans le congélateur, c'est ce que vous avez utilisé ?

— Pas exactement, répondit Killian avec une grimace. La viande était fraîche.

Elle plissa les yeux. Tout à coup, elle n'avait plus vraiment envie de savoir. Elle se força cependant à poser la question.

— Et ?

— Brutus a tué un castor et en a fait un ragoût, avoua-t-il en se tournant vers elle.

— Quoi ? murmura-t-elle, abasourdie.

— Un castor. Je n'avais pas compris ce que c'était avant qu'il ne soit trop tard.

— Comment est-ce que tu as pu ne pas remarquer qu'il servait du castor ? Ce n'est pas dangereux ? Il n'avait pas la rage, au moins ?

Elle sentit la peur la gagner.

— Je ne sais pas. Je ne pense pas, marmonna Killian.

— Madame Spell est au courant ?

— Pas du tout. Elle m'a demandé quelle viande était dans le ragoût, mais je lui ai dit que c'était une vieille recette de famille.

— Je n'arrive pas à croire que tu as servi du castor aux hôtes, dit-elle en secouant la tête.

— Ben, ce mec sait cuisiner. Il nous avait déjà servi de l'écureuil pendant qu'on campait dans la nature. C'était vraiment bon.

— De l'écureuil ? Ce n'est pas si inhabituel. J'ai entendu parler de plusieurs soupes à base de viande d'écureuil.

— Ouais, mais en fait, ce n'était pas de l'écureuil. C'était du ragondin, dit-il d'un air dégoûté.

Elle posa les mains sur son ventre, sentant la nausée la gagner.

— Tu as mangé du ragondin.

— On m'a induit en erreur. Je croyais que c'était de l'écureuil.

— Un écureuil sacrément gros, tout de même.

— Ouais, maugréa Killian. Sa taille aurait dû me mettre la puce à l'oreille.

CHAPITRE 35

— Je n'arrive pas à croire que tu as dit à la femelle que tu étais détective, dit sévèrement Brutus.

Malgré l'obscurité, Killian pouvait voir la colère dans les yeux de son ami.

— C'est mieux que lui dire que je suis un Assassin et un loup métamorphe, rétorqua Killian avant de pousser un gros soupir.

Il avait suivi Brutus dans la forêt quand Lilliana était entrée pour parler avec Mme Spell.

— Tu as attrapé ton opossum ? Qu'est-ce que tu comptes en faire, de toute façon ?

— Le petit-déjeuner. Je fais des saucisses d'opossum succulentes. Et non, je ne l'ai pas attrapé. Il s'est enfui quand il m'a senti le traquer. Et arrête de détourner la conversation, continua-t-il avec un regard noir. On était en train de parler de Lilliana. Tu es à deux doigts de révéler l'existence des métamorphes à une humaine. Tu n'as pas muté devant elle, au moins ?

— Bien sûr que non, putain. Écoute, elle a compris que j'étais ici en mission, alors je ne l'ai pas contredite. Et quand elle a vu le tatouage dans mon dos, elle a pensé qu'il avait un rapport avec l'armée.

— Ce n'est pas notre seul tatouage, dit Brutus en levant sa main gantée.

— Elle n'a pas vu celui des Assassins. Je m'en suis assuré. Quand elle était sur ma Harley, j'avais mis un protège-cou pour le cacher. Et elle ne sait même pas ce que c'est, de toute manière. Je ne suis pas idiot, Brutus.

— Débrouille-toi pour qu'elle n'apprenne rien. Ne va pas donner à Barrett une raison de te virer.

— Merci pour ton aide ce soir, lâcha-t-il entre ses dents.

— T'es pas doué pour montrer de la gratitude, Killian.

— J'arrive toujours pas à croire que tu as servi du castor aux hôtes.

— Arrête de faire la fine bouche, dit Brutus avec un petit sourire. Et puis, les vrais hommes n'ont pas peur d'un peu de fourrure.

Killian éclata de rire. Il avait du mal à rester en colère contre ses frères Assassins.

— Alors, quel est le plan ? demanda Brutus en croisant ses bras musclés sur son torse massif.

— J'ai réussi à poser un traqueur sur un des camions avant d'entrer dans l'entrepôt hier soir, expliqua Killian en sortant son téléphone. Je compte les suivre jusqu'à Memphis, ou quelle que soit leur destination.

— Super. On part quand ? demanda Lilliana en sortant de l'ombre.

Ils se retournèrent tous deux vivement.

— Tu ne viens pas, dit Killian en s'approchant d'elle. Tu as été blessée hier soir. Il est hors de question que tu y retournes.

Il inspira profondément. Son odeur n'avait pas changé, pourtant il y a avait une subtile différence. Quelque chose qui lui donnait envie de lui arracher ses vêtements et de la posséder, malgré la présence de Brutus.

— J'accompagne Killian. Il ne manquera pas de renfort, grogna Brutus.

— Je me sens vraiment mieux. Je peux venir aussi.

Elle croisa les bras d'un air buté et plissa ses beaux yeux.

Il se passa la main sur le visage en essayant d'arrêter de penser à du sexe. Il secoua la tête.

— Je suis désolé, mais non, tu ne viens pas. On y va juste Brutus et moi. Et puis, tu dois préparer des gâteaux pour la pâtisserie de Natchez, sinon le propriétaire va avoir des soupçons.

Lorsqu'elle ouvrit la bouche, il s'attendit à ce qu'elle proteste, mais elle décroisa les bras et serra les poings.

— Très bien.

Le cœur de Killian se serra. Quand une femme avait ce regard, elle était sacrément en colère. Il avançait officiellement sur un terrain glissant.

— Lilliana...

Il tendit la main vers elle, mais elle fit un pas en arrière.

— Je dois y aller. Je dois commencer à préparer des gâteaux.

Elle tourna les talons, repartit vers l'auberge et rentra dans la cuisine en claquant la porte derrière elle.

Brutus s'éclaffa. Killian se tourna vers lui, son regard lançant des poignards.

— On dirait que tu vas dormir sur la béquille un petit moment, dit Brutus en lui donnant une claque dans le dos avant de se diriger vers sa Harley-Davidson Breakout.

— Merde, marmonna Killian.

Il se retourna vers la bâtisse dans laquelle Lilliana s'était engouffrée.

Lilliana était vexée et en colère, et il allait devoir trouver le moyen de se faire pardonner.

Mais pour l'instant, il avait une mission à accomplir.

CHAPITRE 36

*L*illiana grimaça en entendant les deux Harley s'éloigner dans l'allée de Monmouth. Elle sortit des saladiers d'un placard et les posa bruyamment sur le comptoir.

— Qu'est-ce que c'est que ce boucan ? demanda Mme Spell d'un air horrifié en entrant dans la cuisine en courant. J'ai cru qu'une étagère s'écroulait.

— Pardon, madame Spell, soupira Lilliana. Je suis juste agacée.

La vieille dame la regarda d'un air entendu.

— À cause de Killian, je me trompe ?

— Quoi ? souffla-t-elle en écarquillant les yeux.

— Ma chère, j'ai assez roulé ma bosse pour savoir quand une femme en pince pour un homme.

En souriant, elle sortit deux verres en cristal d'un placard et la bouteille de vin rouge qu'elle gardait normalement pour les hôtes, posa le tout sur le comptoir et servit du vin dans les deux verres avant d'en tendre un à Lilliana.

— Merci.

Elle but une gorgée en regardant sa patronne par-dessus le bord du verre.

— C'est si évident que ça ? finit-elle par demander.

— Oui. Et je pense que tu lui plais aussi.

— Vraiment ? s'écria-t-elle, avant de se reprendre. Bah, il a été très gentil. Mais je ne suis pas sûre de ce qu'il ressent.

— Les hommes ne disent jamais ce qu'ils ressentent, ma chère. C'est pour ça qu'il faut parler à leur ventre, dit Mme Spell avec un sourire joyeux. La seule chose que les hommes adorent plus que les galipettes, c'est la nourriture.

Lilliana se mordit la lèvre pour étouffer un rire.

— Bon, je vais te laisser à ta pâtisserie, ajouta-t-elle en se tournant vers la porte après avoir bu une autre gorgée de vin.

— Je ne m'attendais certainement pas à l'entendre dire ça, marmonna Lilliana quand elle fut seule.

Elle but un peu de vin puis commença à rassembler les ingrédients pour préparer les gâteaux colibri.

CHAPITRE 37

Killian et Brutus roulaient depuis presque cinq heures. Il adorait conduire de nuit. L'obscurité et l'air frais le faisaient toujours se sentir plus alerte, plus vivant.

Il était content que la pluie annoncée ne soit pas tombée. Ça ne le dérangeait pas vraiment de conduire sous la pluie, mais il se méfiait des autres conducteurs.

Il jeta un œil à l'horloge sur le tableau de bord de la Harley. À cette heure-ci, Lilliana devait presque avoir terminé les gâteaux. Elle les apporterait bientôt à la pâtisserie de Natchez, après avoir dormi un peu.

Il n'avait vraiment aucune envie de la savoir mêlée à ce trafic, mais elle devait sauver les apparences jusqu'à ce qu'il ait découvert où était distribuée la drogue.

Il vérifia la position du traqueur à l'aide de son téléphone. Le camion s'était placé sur la voie pour emprunter la prochaine sortie, Memphis.

Il prit la sortie, suivi par Brutus.

L'aube se levait à peine, mais la ville était déjà pleine d'activité. Des odeurs d'asphalte et de gasoil l'entourèrent.

C'était très différent de la petite ville paisible de Natchez.

Il secoua la tête et regarda à nouveau la position du traqueur. La distance entre eux et les camions commençait à se réduire.

Il ralentit la moto en entrant dans la partie industrielle de la ville et roula encore sur quelques blocs avant d'atteindre sa destination.

Le club de striptease La Lune Argentée.

Malgré l'heure matinale, de nombreuses voitures se trouvaient sur le parking. Il trouva une place et coupa le moteur. Brutus gara sa moto à côté de la sienne.

— C'est plutôt logique. Le meilleur endroit pour écouler de la drogue, c'est dans un club de striptease, remarqua Brutus.

— Ouais, sans parler de tout cet argent qui peut facilement être blanchi.

Killian descendit de moto et examina les abords du club. Le parking était entouré d'un grillage surmonté de barbelés.

— Je n'aime pas laisser ma moto ici.

— Je mets quiconque au défi de toucher ma Harley. Ce sera la dernière chose qu'il fera avant que je lui règle son compte, gronda Brutus.

— Allez, on y va.

Killian avança vers l'entrée du club, Brutus à ses côtés.

Le videur leur accorda à peine un regard avant de leur ouvrir. L'odeur de cigarette les atteignit de plein fouet dès qu'ils passèrent la porte.

— Putain, je déteste les humains, ronchonna Brutus. Qui voudrait inhaler de la fumée volontairement ?

— Aucune idée. Essaie juste de pas te faire remarquer, dit Killian à voix basse.

— Ouais. Bonne idée, se moqua Brutus en se dirigeant vers le bar.

Killian commanda une bière à une serveuse qui passait

dans la salle. Elle lui sourit un peu trop chaleureusement avant d'aller chercher sa commande.

Il prit place sur une chaise et regarda autour de lui.

Des lumières bleues et roses éclairaient la salle ; les estrades sur lesquelles dansaient les stripteaseuses étaient illuminées par des spots. Deux danseuses étaient en train de se déhancher, et la salle était noire de monde.

— Et voilà, mon chéri, dit la serveuse en posant la bière sur la table.

— Merci.

Il lui tendit un billet de dix dollars alors que Brutus venait s'asseoir à côté de lui et but une longue gorgée de bière.

— Commande du dessert. C'est ce que le barman m'a dit de faire si je voulais un peu plus qu'une danse.

— Et s'ils pensent que je parle de sexe ? demanda sombrement Killian.

— Depuis quand tu refuses du sexe ?

Brutus haussa un sourcil.

— Peut-être que j'ai pas envie de baiser avec une inconnue.

— Peut-être que tu en pinces pour une jolie humaine de Natchez, dit Brutus d'un air amusé.

— Brutus, je peux te poser une question ?

— Même si je refuse, tu le feras.

— Tu as déjà pensé à prendre une compagne ?

— Non. Je suis un Assassin. On ne prend pas de compagne. Jamais.

— Pourquoi pas ? Après tout, les Gardiens le font tout le temps.

— Ouais. Et regarde comment ça leur réussit, grommela Brutus.

— J'ai l'impression que ça se passe très bien. Damon et Ava sont sur le point d'avoir un enfant. Lucien a pris Catty pour compagne, et ils sont bien ensemble. Bon sang, même

Barrett s'est uni à Jacey. Et ensemble, ils ont réussi à faire tomber Boudier.

— Ouais, mais il y a aussi le revers de la médaille.

— De quoi est-ce que tu parles ?

— En tant que mâles, on ne s'en rend pas compte. Mais d'après toi, que ressentent Ava, Catty et Jacey chaque fois que leurs compagnons sont en mission ? Tu ne penses pas qu'elles passent chaque seconde à s'inquiéter ? Même si Barrett est chef de meute, il a des ennemis. Surtout dans sa position. Les loups de l'État lui sont loyaux, mais il y aura toujours quelqu'un pour envier ce qu'il a.

— Mais on est des Assassins. C'est différent pour les Gardiens.

— On travaille dans l'ombre pour rendre la justice à ceux qui l'ont mérité. Notre activité est encore plus dangereuse que celle des Gardiens.

Killian poussa un soupir.

— Tu n'es vraiment pas un romantique, hein, Brutus ?

— Je suis un réaliste, et un survivant. C'est pour ça que je sais comment me nourrir dans la nature et faire des saucisses d'opossum très correctes.

— C'est aussi pour ça que tu ne baises jamais, rigola Killian.

— Mec. Je t'assure que je baise plus souvent que toi.

Killian lui lança un regard incrédule.

— Je te connais depuis longtemps, pourtant je ne t'ai jamais vu draguer une femelle dans un bar.

— Je ne drague pas dans les bars. J'ai d'autres méthodes.

— Du genre, payer la fille ? demanda-t-il, de plus en plus dubitatif. Mon pote, ça peut être dangereux. Tu ne peux jamais savoir si elle va te détrousser, d'où elle vient ou...

— Détends-toi, débile. Je ne paie pas mes partenaires. Je n'ai pas besoin de le faire.

Brutus lui fit un de ses rares sourires.

— Brutus, tu ne cesseras jamais de m'étonner, dit Killian en secouant la tête avant de boire une gorgée de bière.

— Salut, mon chou. Je suis Mercedes.

Une petite blonde vêtue d'un haut de bikini et d'un short microscopique s'approcha de leur table d'une démarche chaloupée.

— Ça vous intéresse, une danse privée ? On peut aller s'installer dans un salon pour être tranquilles, dit-elle en souriant.

Elle était séduisante et avait un corps très athlétique, mais elle portait trop de maquillage et elle empestait le parfum bon marché et la cigarette. Il préférait une certaine brune avec des yeux magnifiques et un caractère obstiné.

— Je ne suis pas intére–

Brutus toussota et lui donna un coup de pied sous la table. Surpris, Killian lui lança un regard noir.

— Je crois qu'il préférerait autre chose. Une douceur, dit Brutus.

Killian cligna des yeux, et comprit enfin. Il se retourna vers la fille.

— En fait, j'aurais bien aimé... un dessert.

Il se sentit comme un parfait idiot en posant la question, mais si c'était le moyen de commander de la drogue ici, tant pis. Il aurait l'air idiot. Un large sourire se dessina sur les lèvres de la danseuse.

— Ah, je vois. Et je pense qu'on a exactement ce que vous cherchez.

Elle le fit lever en lui prenant la main.

— Et quand vous aurez goûté votre dessert, vous aurez peut-être envie d'un peu plus, ajouta-t-elle avec un clin d'œil.

Il résista à son envie de s'écarter d'elle, et comprit à cet instant que son cœur appartenait déjà à Lilliana. Et qu'il lui appartiendrait toujours.

Il suivit Mercedes vers l'un des salons privés. Toutes les

portes étaient en verre, et en passant devant certaines, il vit un type en train de recevoir une lap dance d'une danseuse seins nus. Les clients n'étaient pas censés toucher les danseuses, mais apparemment dans un salon privé, toutes les règles étaient suspendues.

— Et voilà.

Elle le fit entrer dans une pièce et le poussa sur le canapé avant de s'approcher du mur et d'appuya sur les boutons de la chaîne hi-fi intégrée. De la musique lente résonna bientôt dans le salon.

Il sentit le malaise l'envahir. Il s'assit très droit, prêt à sortir de la pièce si Mercedes commençait à se déshabiller.

— Détends-toi, chéri. Si tu veux du « dessert », tu dois d'abord prendre un apéritif, dit-elle en montrant le bar du menton. Ils veulent être sûrs que t'es pas un flic. T'es pas un flic, au moins ?

— Putain, non, je suis pas un flic, gronda Killian.

— Tant mieux. Alors, installe-toi confortablement et je vais t'apporter ce que tu veux.

CHAPITRE 38

*L*illiana lut et relut le message sur son téléphone, sourcils froncés.

Emmet Reece le lui avait envoyé dans la nuit pour lui demander de venir livrer les gâteaux à cinq heures, soit deux heures plus tôt que d'habitude.

Elle composa son numéro. Il répondit dès la première sonnerie.

— Lilliana, je vois que tu as eu mon message. Il était temps. J'attendais que tu me rappelles.

— Bonjour à vous, dit-elle sèchement.

Elle s'assit dans le lit et alluma sa lampe de chevet.

— J'ai travaillé tard et je me suis mise au lit. Navrée de ne répondre que maintenant, je viens de me réveiller.

— J'ai besoin des gâteaux tout de suite. J'espère qu'ils sont prêts ?

— Oui, j'ai terminé il y a environ une heure. Mais j'espérais dormir un peu avant de venir les livrer.

— Pas le temps. Il me les faut maintenant.

Le ton impatient d'Emmet la mit sur ses gardes.

— Il y a un problème ? demanda-t-elle, espérant qu'il ne remarquerait pas l'anxiété dans sa voix.

— Oui.

Son ventre se noua.

— La personne qui achète les gâteaux viendra les chercher à cinq heures et demie. S'ils ne sont pas là à l'heure, je ne te paierai pas.

Et tu ne pourras pas livrer ta drogue, pensa-t-elle.

— C'est une drôle d'heure pour venir chercher des gâteaux, dit-elle d'un ton hésitant.

— C'est pour une grosse réunion d'entreprise à Jackson. Le client les transporte là-bas lui-même.

— Laissez-moi le temps de m'habiller et je vous les apporte.

— Non, j'ai envoyé un camion pour les récupérer. Je leur ai dit de se garer derrière Monmouth. Attends-les à la porte et donne-leur les gâteaux.

Elle soupira.

— D'accord. J'y vais tout de suite.

Elle raccrocha et enfila rapidement le jean, le pull et les bottes qu'elle portait avant d'aller se coucher. Dès que le camion serait reparti, elle prendrait une douche et confectionnerait le petit-déjeuner pour les hôtes. Et ensuite, elle passerait la journée à dormir, jusqu'au retour de Killian. Ils devaient avoir une discussion.

Elle remonta l'allée menant à l'auberge. Toutes les lumières étaient encore éteintes ; même Mme Spell ne se réveillait pas si tôt.

C'était une bonne chose. Elle n'avait pas envie que la femme voie le camion venir chercher ses gâteaux. Elle savait ce qu'elle dirait. C'était une chose que Lilliana travaille pour la pâtisserie pour se faire un peu d'argent supplémentaire, et une autre d'avoir un camion de livraison dans son allée. Elle dirait que ça nuisait à la réputation et à l'ambiance de Monmouth.

Elle se frotta les yeux et sortit la clé de la cuisine de la poche de son jean. Elle ouvrit juste au moment où elle entendit un véhicule se garer dans son dos. Elle leva le bras pour faire signe au conducteur, entra dans la cuisine en laissant la porte ouverte et alla allumer les lumières.

Elle regarda tous ses gâteaux alignés sur le comptoir et sur toutes les surfaces disponibles dans la cuisine : la cuisinière, l'îlot de cuisine, même la table. Elle les avait déjà mis dans leurs boîtes blanches.

Elle détestait savoir à quoi ils allaient servir et se sentait étouffée par la culpabilité.

— C'est vous, Lilliana ? demanda une voix grave derrière elle.

Un frisson lui parcourut l'échine lorsqu'elle se retourna.

— Oui.

Elle resta pétrifiée. C'était l'homme qui lui avait tiré dessus dans l'entrepôt. Il la reconnut aussi.

— Hé, je te connais.

— Je ne crois pas, murmura-t-elle d'une voix aigüe.

— Moi si, dit-il en faisant un pas en avant et en lui attrapant le bras. T'es la fille de l'entrepôt. Soit je suis vraiment un mauvais tireur, soit t'es une louve.

— Ce n'est pas une louve. Elle n'aurait pas aussi peur si elle en était une, dit Emmet Reece en entrant dans la cuisine.

Elle le regarda avec des yeux écarquillés.

— Quoi ? Qu'est-ce que vous racontez ?

— Tu crois que je ne suis pas au courant ? ricana Emmet. J'imagine que tu vas me mentir pour essayer de protéger ton petit copain. Tu ne voudrais pas que tout le monde apprenne que c'est un loup métamorphe, hein ?

Un sinistre sourire flotta sur ses lèvres.

Elle sentit tout le sang quitter son visage et eut du mal à respirer.

— Vous êtes défoncé, murmura-t-elle en secouant la tête.

Emmet éclata de rire.

— Laisse-moi deviner : tu n'es pas au courant, c'est ça ? Avoir un animal dans son lit sans même le savoir. Tu dois être plus conne que je ne le pensais.

— C'est impossible, laissa-t-elle échapper.

— Quoi ? Que les métamorphes existent, ou que tu ne saches pas que tu t'en tapes un ?

Ses mots cruels la blessèrent profondément, mais elle se força à soutenir son regard.

— J'en sais bien plus que tu ne le penses, Lilliana, continua Emmet. Je suis déçu que tu te sois retrouvée mêlée à tout ça. J'espérais te garder bien occupée à faire tes petits gâteaux pendant que je me remplissais les poches.

Elle essaya de libérer son bras, mais le malabar la tenait fermement. Il sortit un revolver et le pointa vers sa tête.

— Je ne ferais pas ça, si j'étais toi, gronda-t-il. Cette fois, je te promets de ne pas te louper.

Elle ravala sa peur et leva le menton en un élan de bravoure.

— Comment avez-vous pu faire ça, Emmet ? Vous aviez une bonne vie, une pâtisserie respectable. Vendre de la drogue ?

Il secoua la tête comme si elle était idiote.

— Mon entreprise ne se porte pas trop mal. Tu sais le temps et l'énergie que j'ai investis dans cette pâtisserie ? Mon affaire était censée se développer, j'étais censé gagner de plus en plus chaque année. Mais c'est impossible avec cette conjoncture. Partout autour de moi, je vois les autres commerces prospérer, et ça me casse les couilles. Ils ne méritent ni leur succès ni leur argent.

Il remonta ses lunettes sur son nez avec un regard

haineux.

— Alors quand quelqu'un m'a proposé d'utiliser ma pâtisserie pour écouler de la drogue, j'ai sauté sur l'occasion. Je gagne dix fois plus qu'avant. Tout ce que j'ai à faire, c'est laisser leurs employés produire la drogue sur place, la conditionner dans des sacs congélation et les cacher dans les gâteaux. En fait, c'est brillant. Si le camion de livraison se faisait arrêter par les flics, ils ne trouveraient que des gâteaux.

Elle sentit la nausée remonter de plus belle dans sa gorge.

— Je n'arrive pas à croire que vous étiez complice de ce trafic.

— Oui, et personne ne croira que ce n'était pas ton cas. Tu aurais mieux fait de te mêler de tes affaires et de rester dans ta cuisine.

— Vous aviez une pâtisserie respectée. Vous avez tout gâché, dit-elle avec amertume.

— Non, pas du tout. Mais toi, tu as essayé de le faire. Toi et ce foutu loup avec sa moto.

— Pourquoi est-ce que vous pensez qu'il est avec moi ?

Il sourit.

— J'ai demandé une description du couple qui a pénétré dans l'entrepôt. La fille te ressemblait beaucoup, et on m'a dit que le type avait l'air d'une rockstar avec un look de motard. Je me rappelle l'avoir vu dans la pâtisserie. Je lui ai vendu un de tes gâteaux par erreur.

Elle sentit son sang se glacer et serra ses bras autour de sa poitrine.

— L'auberge est pleine de clients, je suis sûre que vous n'aimeriez pas que je les alerte en me mettant à crier.

— Si tu fais ça, tu me forceras à tuer tout le monde. Ce ne serait pas bien difficile, dit Emmet en haussant les épaules. Je vois d'ici les articles dans les journaux. Je buterai même la vieille madame Spell.

— Très bien. Tuez-moi.

Sa dernière heure était arrivée. C'étaient ses dernières secondes sur Terre. Elle pensa à Killian. Elle ne le reverrait plus. Ne le toucherait plus jamais. Ne l'embrasserait plus jamais.

— Te tuer ? Pourquoi est-ce qu'on te tuerait ? demanda Emmet en riant. J'ai besoin de tes gâteaux pour écouler ma marchandise. Mais je ne peux pas non plus te laisser ici. Tu vas devoir venir avec moi.

— Et madame Spell ? Elle appellera la police si elle ne me voit pas ce matin.

— Pas si tu lui laisses une lettre de démission.

— Mais je...

— Mais quoi ?

Emmet s'approcha avec une expression menaçante.

— Tu n'as pas le choix, Lilliana. Si tu refuses de venir, je tuerai toutes les personnes dans cette auberge. Écris ta lettre de démission à madame Spell et suis-moi avant que quelqu'un soit blessé.

Au fond de son cœur, elle savait qu'il ne mentait pas. Il n'hésiterait pas à tuer n'importe qui se mettant en travers de ses projets.

— Je viens avec vous, dit-elle calmement. Je dois juste aller réveiller madame Spell pour lui dire que je démissionne.

— On n'a pas le temps pour ça, lâcha Emmet.

Il alla chercher le bloc-notes sur le frigo et ouvrit des tiroirs jusqu'à ce qu'il trouve un stylo.

— Tiens, dit-il en les lui tendant. Dépêche-toi.

Il regarda l'homme qui la tenait en joue avec son pistolet.

— Surveille-la, qu'elle n'écrive pas un appel à l'aide. Je vais commencer à charger les gâteaux.

En clignant des yeux pour ne pas être aveuglée par ses larmes, Lilliana appuya le stylo contre la feuille et griffonna rapidement sa lettre de démission.

CHAPITRE 39

*K*illian grimaça en voyant Mercedes enlever son haut et fourrer ses seins dans sa figure.

Elle ne l'attirait vraiment pas, et son langage corporel devait trahir son aversion. Mais il était en mission et ne voulait pas se faire repérer.

— Mercedes, tu es un peu trop proche de ton client, dit un grand type avec un t-shirt noir depuis le pas de la porte.

Il dévisagea froidement Killian, qui soutint son regard.

— Il a commandé du dessert, dit Mercedes

Elle se retourna et commença à frotter ses fesses contre le pubis de Killian.

— Ça arrive, répondit l'homme.

Il disparut après un dernier regard furibond à Killian. Quelques secondes plus tard, une autre stripteaseuse avec de longs cheveux noirs et des yeux bruns entra dans le salon. Son costume bleu vif recouvrait à peine sa poitrine et ses fesses. Elle portait un plateau avec une part de tarte aux pommes dans une assiette.

— Et voilà, mon chou. Le meilleur dessert du coin.

Lorsqu'elle posa le plateau sur la table, il remarqua qu'un

petit sachet en plastique contenant ce qui semblait être de la drogue dépassait légèrement de sous l'assiette.

— Ça fera quatre-vingt-dix, dit Mercedes en se retournant vers lui.

Il sortit un billet de cent dollars de son portefeuille.

— Gardez la monnaie, dit-il aux danseuses.

Il se leva, rangea le sachet de drogue dans sa poche, sortit du salon et se mit à la recherche de Brutus.

Il retrouva le loup au comptoir en train d'essayer d'ignorer les propositions de deux danseuses apparemment très motivées pour lui faire une danse privée. Il s'approcha de son frère Assassin en secouant la tête.

— Excusez-moi, mais mon ami et moi, on doit y aller, dit-il en donnant une claque sur l'épaule de Brutus.

— Mais on vient à peine de se rencontrer, protesta la fille rousse en faisant la moue.

— Ouais. On voit presque jamais de mecs mignons par ici, susurra la blonde en caressant le torse de Killian de manière suggestive.

Il lui retira sa main et sourit.

— Navré mesdames, le devoir nous appelle.

— Oh, cool. Vous êtes militaires ?

Killian grimaça et échangea un regard avec Brutus, aussi stoïque que d'habitude.

— On adore les hommes en uniforme, soupira l'autre danseuse.

— Malheureusement, on est déjà pris tous les deux. Désolé, les filles.

Killian fit un signe de tête à son ami et ils commencèrent à se diriger vers la sortie.

— Tu l'as ? demanda Brutus.

— Ouais. Et maintenant, on sait où ils distribuent la drogue. On va retourner à la pâtisserie de Natchez et trouver où ils la produisent. C'est forcément quelque part dans le bâtiment. Et ensuite, pour pourra démanteler ce trafic une bonne fois pour toutes.

— Et tu es sûr que Lilliana n'est pas impliquée ?

Brutus poussa la porte. La brise du matin était vive et rafraîchissante. C'était un changement bienvenu après la salle remplie de fumée du club.

— Certain.

Il monta sur sa Harley-Davidson et sortit son téléphone.

— Laisse-moi lui passer un coup de fil avant qu'on parte.

— Mec, t'es vraiment à fond, se moqua Brutus en enfourchant sa propre moto.

— N'importe quoi, grommela Killian.

Il était encore tôt, mais elle avait coutume de se réveiller à l'aube pour livrer la pâtisserie avant de préparer le petit-déjeuner pour les clients de l'auberge.

Après plusieurs sonneries, il raccrocha en fronçant les sourcils.

— Qu'est-ce qui va pas ? grogna Brutus.

— Elle ne répond pas.

— Elle doit être occupée. Ou peut-être qu'elle n'a pas envie de te parler.

— Non, ce n'est pas ça, répondit-il avant de secouer la tête. Brutus, j'ai un très mauvais pressentiment.

— Putain. Je déteste ton intuition.

— Mais elle ne se trompe jamais.

Killian rangea le téléphone dans sa poche et démarra le moteur.

Ils devaient rentrer à Natchez au plus vite.

CHAPITRE 40

*L*illiana regarda Emmet. Avec l'aide de la brute qui lui avait tiré dessus, il l'avait ramenée à la pâtisserie après avoir chargé les gâteaux dans le coffre du camion.

Elle n'avait jamais eu si peur pour sa vie et n'arrivait pas à cesser de trembler. Elle se sentait aussi coupable d'être partie sans parler à Mme Spell, en ne lui laissant qu'un mot, mais c'était mieux ainsi. Elle ne voulait pas que la vieille dame soit blessée.

Si elle s'en sortait vivante, elle commencerait une nouvelle vie ailleurs. Dans l'immédiat, cette idée l'effrayait moins que celle de mourir.

— Alors, qu'est-ce que vous me voulez ? demanda-t-elle à Emmet en essayant d'empêcher ses mains de trembler. J'ai déjà préparé les gâteaux pour aujourd'hui.

— Si tu ne travailles plus à Monmouth, tu as plus de temps pour la pâtisserie. Au lieu de vingt gâteaux, je pense qu'on peut doubler ce nombre.

— Je ne peux pas faire autant de gâteaux par jour, dit-elle en écarquillant les yeux.

— Bien sûr que si, tu peux. Tu verras. Tu vois, on sait tout à ton sujet, Lilliana. On sait que ta mère travaille toujours et qu'elle vit seule. Tu imagines le nombre de dangers que court une femme de son âge qui habite seule ? Même sans forcer, je peux imaginer au moins une vingtaine d'accidents tragiques, dit-il avec un regard mauvais.

Elle sentit la terreur lui glacer le sang, mais ravala sa peur.

— Dites-moi ce que vous voulez que je fasse. Ne faites pas de mal à ma mère.

— Mets-toi au travail.

— Très bien.

Elle alla sortir une motte de beurre du réfrigérateur.

— Pas ici. Tu cuisineras au sous-sol, dit-il en sortant une clé de sa poche.

— Je ne savais pas qu'il y avait un sous-sol ici.

— Je l'ai découvert il y a quelques années. Disons que quand j'ai développé mon activité, j'ai fait quelques rénovations.

Il ouvrit l'un des grands placards et déplaça plusieurs bonbonnes avant d'enfoncer une clé dans une petite serrure dissimulée dans le plancher.

Une trappe se souleva, révélant un escalier.

— Les dames d'abord, dit-il en lui faisant signe d'avancer.

Elle descendit précautionneusement les marches dans le noir, Emmet la suivant de près. Quand elle arriva en bas de l'escalier, il alluma un interrupteur sur le mur, illuminant entièrement la pièce secrète.

Elle était aussi vaste qu'une cuisine professionnelle. Des casseroles, des saladiers et des ustensiles étaient posés sur le large comptoir en inox. Le sol et les murs étaient en béton. Des lumières iridescentes pendaient du plafond à différents endroits.

— Ce n'est pas aussi confortable que la cuisine à l'étage, mais on ne te demande pas de faire des gâteaux aussi bons, dit Emmet. Juste de faire des gâteaux qui garderont leur forme pour transporter la drogue.

Il s'approcha du mur du fond et appuya sur un autre interrupteur, éclairant le reste de la grande pièce. Dans une autre salle fermée par une vitre en verre, une dizaine d'hommes s'affairaient. Tous leurs visages étaient masqués alors qu'ils mélangeaient des substances comme des laborantins.

Aucun ne semblait s'être lavé depuis un mois. L'un des hommes leva la tête et rencontra le regard de Lilliana. Il baissa son masque et lui sourit, révélant des dents jaunes.

Emmet lui tendit un masque.

— Mets ça.

Elle obéit sans rien dire. Dès qu'Emmet en eut enfilé un aussi, il s'approcha de la vitre et appuya sur des boutons.

La porte s'ouvrit.

Malgré le masque, Lilliana pouvait sentir l'odeur puissante de la drogue en train d'être fabriquée.

— Tu travailleras près de ces messieurs. Ils ne sont pas de la même espèce que nous, ce sont tous des loups, précisa Emmet avec mépris. Dès que la drogue sera prête, tu la mettras au centre des gâteaux, avant de faire le glaçage.

Elle se sentit sur le point de vomir.

— Je ne crois pas que je pourrais tenir le rythme. Préparer un gâteau colibri prend du temps et...

— Alors saute les étapes qui ne sont pas nécessaires.

— Pardon ? demanda-t-elle, surprise.

— Je n'ai pas besoin d'un gâteau colibri, seulement de quelque chose qui y ressemble. Tu n'es pas obligée d'utiliser tous les ingrédients. Par exemple, tu peux laisser tomber les bananes et l'ananas.

Elle le regarda sans rien dire.

— Fais juste en sorte qu'ils aient belle allure. Je me fous

du goût qu'ils ont, ajouta-t-il en allant vers la pièce entourée de vitres en verre.

Elle le suivit. La porte se referma derrière eux, mais les employés continuaient de la regarder avec insistance. Était-il possible qu'Emmet dise la vérité ? Étaient-ils des loups ?

— Je ne pense pas que j'arriverai à travailler à côté d'eux, dit-elle à voix basse.

— Et pourquoi pas ?

— Parce que s'ils sont vraiment des loups comme vous le prétendez, c'est trop dangereux. Et s'ils brisent la vitre et décident de m'attaquer ?

— Ils ne peuvent pas sortir de cette pièce. Tant que tu fais ton boulot sans t'occuper d'eux, ils ne feront pas attention à toi, dit-il avec agacement.

Elle secoua la tête. Des alarmes se déclenchaient dans son esprit.

— Vous ne comprenez pas. Je ne...

— Ferme ta gueule ! hurla-t-il. Encore un mot et je te coupe la langue.

Elle fit un pas en arrière, choquée par son ton venimeux.

— Souviens-toi que tu n'es pas comme ton loup. Tu es humaine. Une balle dans la tête te serait fatale. Même si je préférerais ne pas te tuer. Ce serait du gâchis. Je t'estropierai juste assez pour être sûr que tu te tiendras à carreau. Comme te couper la langue, par exemple. Tu seras moins bavarde comme ça.

Elle ferma la bouche, paralysée par la terreur. Emmet éclata bruyamment de rire.

— Lilliana, j'ai toujours su que tu étais intelligente. Maintenant, je vais te laisser te mettre au travail. Personne ne peut entendre ce qui se passe au sous-sol, donc ce n'est pas la peine d'essayer de crier. Tu ne ferais qu'exciter les garçons derrière la vitre. Et tu n'as pas envie de ça, pas vrai ?

— Non.

Sa peau se recouvrit d'une sueur glacée. Même si Killian se lançait à sa recherche, il ne la trouverait pas.

Elle regarda Emmet remonter l'escalier. Lorsqu'il referma la porte secrète derrière lui, la confusion et la terreur l'envahirent jusqu'à l'étouffer.

Elle était seule. Sans aucun espoir de s'échapper.

CHAPITRE 41

*K*illian fonçait à travers Natchez sans se soucier de se faire arrêter par la police.

Il roulait à fond sur l'autoroute comme s'il avait le diable aux trousses depuis Memphis.

Lilliana.

Il devait la rejoindre.

Il ne s'en était pas rendu compte avant son départ, mais ses pensées s'étaient emboîtées comme les pièces d'un puzzle pendant qu'il roulait.

Elle était enceinte. Elle attendait son enfant.

C'était l'odeur différente qu'il avait sentie sur elle un peu plus tôt. Il n'avait pas envisagé la possibilité qu'elle soit enceinte parce qu'il n'avait jamais entendu parler d'une humaine portant le bébé d'un métamorphe. Le sperme d'un loup n'aurait pas dû pouvoir la fertiliser. De plus, les grossesses étaient plus longues pour les louves. Mais la nouvelle fragrance dans le parfum de Lilliana lui était familière parce qu'il l'avait sentie dans l'odeur de Jacey, la compagne de Barrett, qui était également enceinte.

Les chances ne jouaient pas en leur faveur, mais elle portait à présent son enfant.

Ça changeait tout. Il devait lui dire exactement qui et ce qu'il était. Et espérer qu'elle accepterait qu'il fasse encore partie de sa vie ensuite.

Il voulait vivre avec elle et leur enfant. Il voulait partager leur vie.

Quand il arriva enfin sur le parking de Monmouth, il sentit la tension dans ses épaules se relâcher. Il se gara à l'arrière, près de la cuisine. Il avait besoin de voir Lilliana et de s'assurer qu'elle allait bien.

— Tu as de la chance de ne pas t'être fait arrêter, Killian, grogna Brutus en se garant à côté de lui et en coupant le moteur. C'est pas discret de rouler à cette vitesse.

— Brutus, c'est pas le moment.

Il grimpa les marches deux à deux, ouvrit la porte et entra dans la cuisine. Personne. Il vérifia l'heure sur sa montre.

— Killian, vous nous avez manqué au petit-déjeuner, dit Mme Spell en entrant dans la pièce avec une tasse de thé à la main.

Le petit-déjeuner. Donc, Lilliana allait bien.

Il respira un peu plus facilement. Il devait aller la trouver pour lui révéler ce qu'il était et lui dire qu'il voulait être avec elle pour toujours.

— Navré d'avoir manqué le petit-déjeuner. Je suis sûr que c'était délicieux, dit-il avec un sourire avenant.

— Vous vous trompez. C'était horrible, répondit Mme Spell en plissant les paupières.

— Vraiment ?

— Oui, vraiment. Lilliana a démissionné, expliqua-t-elle avant de poser brutalement sa tasse de thé sur le comptoir.

— Quoi ?

Il sentit ses tripes se nouer.

— En me réveillant, j'ai trouvé un message griffonné sur une feuille du bloc-notes. Elle n'a même pas eu la décence d'utiliser une feuille blanche. Cette fille m'aura certainement déçue.

Il agrippa les bras de la femme et la regarda intensément.

— Vous voulez dire que Lilliana n'est pas ici ?

Elle se dégagea et lui jeta un regard surpris.

— Oui, c'est ce que je dis. Elle a démissionné. Elle m'a laissé tomber sans prévenir, sans petit-déjeuner pour les hôtes. J'ai dû préparer des biscuits en urgence et faire des œufs brouillés, se plaignit-elle en remettant ses mèches grises en place. Les clients n'étaient pas contents.

Brutus entra dans la cuisine et pila en remarquant la tension dans la pièce.

— Qu'est-ce qui se passe ?

— Lilliana n'est pas là.

— Tu crois qu'elle a filé ? demanda-t-il en penchant la tête.

— Non. Je pense qu'elle a été kidnappée, répondit Killian en regardant le loup dans les yeux.

Mme Spell poussa un petit cri et leva la main vers sa poitrine.

— Kidnappée ? Mais pourquoi ? Et puis, si on l'avait enlevée, ses kidnappeurs ne demanderaient-ils pas une rançon ? Elle m'a laissé un mot pour m'annoncer sa démission.

— Où est le mot ? lui demanda Killian en ignorant ses questions.

— Tenez.

Mme Spell ouvrit un tiroir et en sortit une feuille pliée. Il en lut rapidement le contenu et la lui rendit.

— Où est le bloc qu'elle a utilisé ?

Elle alla le chercher sur le réfrigérateur, sourcils froncés, et le lui tendit.

— Que voulez-vous en faire ? Il est vide.

— Vous avez un crayon ?

— Oui.

Elle fouilla dans le même tiroir que tout à l'heure et lui tendit un crayon à papier. Il le frotta doucement sur la première feuille du bloc-notes.

Les lettres PN apparurent. Il leva le carnet.

— PN ? lut Mme Spell. Qu'est-ce que c'est ? Un ingrédient ?

— Non, c'est un indice. Je crois que je sais où elle est, dit-il en se tournant vers Brutus.

— Allons-y, murmura ce dernier.

Alors qu'ils se tournaient vers la porte, Mme Spell lui attrapa le bras. Il rencontra son regard inquiet.

— Vous pensez vraiment qu'il est arrivé quelque chose à Lilliana ?

— Je pense que quand tout sera terminé, vous lui devrez des excuses et une belle augmentation, dit-il en s'éloignant vers sa moto.

CHAPITRE 42

*L*illiana réussit à faire cuire sept gâteaux en deux heures. Grâce aux grands fours professionnels et aux nombreux moules, elle pouvait travailler vite, et ne pas ajouter les fruits ni les autres ingrédients qui rendaient ses gâteaux uniques lui permettait de gagner du temps.

Elle mit les gâteaux à refroidir et se tourna vers le saladier dans lequel elle allait préparer le glaçage. Elle ouvrit les placards et découvrit d'innombrables sachets de mélange tout prêt.

— Non seulement j'aide des criminels, mais on me force à utiliser des préparations industrielles, marmonna-t-elle dans sa barbe.

Un tapotement contre la vitre la fit sursauter. Elle se retourna vivement vers le groupe d'hommes en train de fabriquer de la meth. Trois d'entre eux avaient cessé de travailler et s'étaient approchés de la vitre pour la regarder.

Des frissons descendirent le long de sa colonne vertébrale. Elle détourna les yeux, mal à l'aise sous leurs regards insistants. Ils ne semblaient pas vraiment humains. Emmet disait-il la vérité ?

Elle tourna à nouveau la tête vers eux. Un des hommes avait pressé son visage contre la vitre et était en train de la lécher, en regardant Lilliana avec un mélange de désir et de haine. Ses yeux sombres commencèrent à changer et prirent une étrange teinte jaune.

La peur lui serra la poitrine. Elle ravala un cri. Qu'était-il en train de se passer ? Ce n'était pas humainement possible.

Elle se força à se retourner vers sa préparation sur le comptoir. Elle avait encore beaucoup de gâteaux à glacer. Elle décida de se concentrer sur sa tâche pour bloquer la terreur qui menaçait de lui faire perdre la tête.

CHAPITRE 43

*K*illian se gara dans une rue adjacente de la pâtisserie de Natchez. Il éteignit le moteur, descendit de moto et attendit avec impatience que Brutus fasse de même.

— C'est quoi le plan ? demanda l'Assassin en faisant craquer les articulations de ses doigts.

Bien qu'il soit presque midi, il n'y avait personne dans la rue et aucune voiture n'était garée devant la pâtisserie.

— Le plan, c'est d'entrer secourir Lilliana. Et de tous les tuer.

Il était prêt à tout pour la protéger, elle et leur enfant à venir.

— Donc, tu n'as pas de plan, dit calmement Brutus. Killian, tu oublies que tu dois penser comme un Gardien, pas comme un Assassin. Il te faut un plan.

Killian rencontra le regard de son ami.

— Assassiner n'est pas juste mon métier. C'est qui je suis.

— D'accord. Mais tu n'es pas qu'un tueur.

Killian se figea. Il ne savait pas trop quoi penser des

paroles de l'Assassin. Il ouvrit la bouche pour parler, mais Brutus leva une main gantée.

— Puisque je suis le cerveau du groupe, je vais trouver le plan. Ils savent à quoi tu ressembles, mais ils ne me connaissent pas. Je vais entrer dans le magasin et commander un gâteau colibri, ça les occupera. Et ça devrait te laisser le temps de passer par derrière. Si elle est ici, tu ne la trouveras pas dans la cuisine. Je suis prêt à parier qu'ils fabriquent la drogue sur place.

— Si c'était le cas, n'importe qui pourrait le sentir. La meth a une odeur horrible.

— Pas s'ils le font dans une autre partie du bâtiment.

— Je suis entré de nuit, j'ai fouillé tout l'immeuble. Je n'ai rien trouvé...

Il ne termina pas sa phrase et prit soudain une expression songeuse.

— Quoi ?

— Je n'ai rien trouvé, à part une clé qui n'ouvrait aucune des portes.

— Alors, ça veut dire qu'elle ouvre une porte que tu n'as pas trouvée, dit Brutus en plissant les yeux.

Killian se retourna vers la pâtisserie. Il posa les yeux sur une bouche de ventilation devant l'immeuble.

— Et s'ils étaient en sous-sol ? Ils pourraient évacuer l'air dans les égouts. Je ne pense pas que des humains remarque-raient l'odeur.

— Mais nous, si. Attends ici et laisse-moi aller jeter un œil avant de passer par derrière.

Brutus s'approcha de la pâtisserie, s'arrêta devant la bouche d'égout et fit mine de rattacher son lacet. Il fit un simple signe de tête par-dessus son épaule pour avertir Killian. Ça sentait bien la meth.

Killian sentit le soulagement l'envahir. À présent, il savait où la drogue était fabriquée, et il était presque sûr que Lilliana était détenue en sous-sol.

Il ne lui restait plus qu'à la trouver.

CHAPITRE 44

*B*rutus entra dans la pâtisserie de Natchez et fut surpris de trouver la boutique presque vide, à l'exception d'une petite vieille dame en train d'attendre devant le comptoir en montrant des signes d'impatience.

Personne ne s'occupait d'elle. Lorsqu'il prit place derrière elle, elle se retourna et le foudroya du regard.

— Écoutez-moi bien, jeune homme. N'essayez même pas de me passer devant.

— Je n'y pensais pas, grogna Brutus.

— C'est ce que vous dites, mais quand le vendeur va arriver, il va vouloir s'occuper de vous et complètement m'ignorer.

— Je sais attendre mon tour, lui assura-t-il.

— J'en ai assez de venir ici et de ne jamais obtenir ce que je veux.

Il se retourna pour regarder la vieille dame ridée.

— Alors, pourquoi est-ce que vous continuez à revenir ?

Elle pinça les lèvres.

— Parce que tout le monde dit que leurs gâteaux colibri

sont délicieux. Et bon sang de bois, j'en veux un aujourd'hui. Je ne rajeunis pas, vous savez.

— Croyez-moi, vous ne voulez pas un de ces gâteaux.

— Pourquoi pas ?

— Parce qu'ils n'en valent pas la peine. Achetez une génoise, c'est bien meilleur.

Il se pencha sur le comptoir et attira l'attention d'un grand homme maigre dans la pièce arrière. Il hocha la tête et leva le doigt pour lui demander d'attendre avant de terminer sa conversation.

— Madame, je pense qu'il vaudrait mieux que vous partiez, dit-il en posant la main sur le Sig Sauer dans l'étui à sa poitrine. Ça va peut-être chauffer.

— Vous l'avez dit, ça va chauffer. Je vais poursuivre la pâtisserie en justice pour âgisme.

— Âge-quoi ? demanda-t-il en la regardant, un peu pris de court.

— Âgisme. C'est quand quelqu'un fait une discrimination à cause de l'âge, expliqua-t-elle avant d'ajouter fièrement : J'ai élevé huit enfants, j'ai été mariée plusieurs fois et j'aide bénévolement l'église à organiser son loto chaque semaine. Je mérite ce gâteau.

Elle tapa du poing sur le comptoir.

— Je ne sortirai pas de cette pâtisserie avant d'avoir un gâteau colibri.

— D'accord. Mais vous risquez d'y laisser la peau, soupira-t-il en reportant son attention sur l'homme de grande taille qui approchait lentement.

— Plein de choses peuvent me tuer. Je n'ai pas peur du cholestérol.

— Je peux vous aider ? demanda l'homme en arrivant derrière le comptoir, son regard faisant des allers-retours entre lui et la vieille dame.

Brutus regarda vers la salle arrière et vit une ombre noire

passer en un éclair ; Killian avait réussi à entrer. Il ne lui restait plus qu'à occuper l'homme jusqu'à ce que Killian fasse sortir Lilliana du bâtiment.

— Je veux un gâteau colibri, dit-il en même temps que la vieille dame.

Il se tourna vers elle, agacé. Elle soutint son regard avec des yeux qui lançaient des éclairs.

— Je suis navré, nous n'en avons pas aujourd'hui. En fait, quelqu'un a déjà réservé tout notre stock, répondit l'homme à Brutus.

— Vous mentez ! cria la vieille dame en montrant un gâteau à étages dans la vitrine. Il y en a un juste ici.

— Oui, mais il est également réservé, répondit l'homme sans quitter Brutus des yeux. En revanche, si monsieur souhaite placer une commande pour demain, je peux m'en occuper.

— Espèce de sale petite fouine pleurnicharde au nez de travers ! brailla la femme. J'étais là avant lui. C'est à mon tour, et je veux passer commande.

— Je suis navré, madame, mais il était là d'abord, dit sèchement le vendeur.

— Vous êtes un menteur, fit Brutus.

— Je vous demande pardon ? demanda froidement l'homme en se penchant sur le comptoir.

À son odeur, Brutus savait qu'il était humain. Il savait aussi que le vendeur aurait dû avoir peur de lui, ce qui n'était pas le cas.

— J'ai dit que vous étiez un menteur. Cette femme était là avant moi. Elle attendait déjà quand je suis entré, dit-il en croisant les bras sur son torse.

— Vraiment ? lâcha l'homme en penchant la tête. Ben, peut-être que je n'ai pas envie de lui vendre de gâteau. Ni à vous, d'ailleurs.

— Vous voyez, dit la femme à Brutus en pointant le

vendeur du doigt. Je vous ai dit qu'il déteste les personnes âgées. C'est illégal, vous savez.

— Vous savez ce qui est aussi illégal ? Troubler l'ordre public. J'appelle la police.

— Vas-y, connard, je t'en prie. Je suis sûr que les braves policiers de Natchez seront très intéressés par les affaires qui se trament dans ta pâtisserie. Surtout les affaires illégales, dit Brutus.

L'homme écarquilla les yeux, et regarda en direction de la pièce dont il était sorti. Il fit un signe de tête.

Trois hommes musclées armés de fusils d'assaut apparurent. Brutus se plaça devant la femme en plissant les yeux.

— Laissez-la partir, et on va régler ça.

— Je n'irai nulle part tant que je n'aurai pas de gâteau colibri !

Brutus poussa un soupir et demanda sans se retourner :

— Vous êtes aveugle, ou juste folle ? Ils ont des flingues. De très, très gros flingues.

— Mon chou, tu crois que ça me fait peur ?

Elle fouilla dans son sac et en sortit un Magnum 44 qu'elle secoua en l'air, un doigt sur la gâchette.

Tout le monde fit un pas en arrière.

— On se calme, madame, dit le propriétaire en pâlissant avant de regarder Brutus à la recherche de soutien. Vous pouvez contrôler votre grand-mère ?

— Grand-mère ? J'ai l'air d'être sa grand-mère ? cria-t-elle en agitant le pistolet.

Les trois hommes armés et le propriétaire ne quittaient pas la vieille dame des yeux. L'un d'eux leva lentement son fusil.

Brutus sortit son neuf millimètres et le braqua sur le mâle.

— On se calme, mon gars. Tu veux sortir d'ici vivant, non ? Ce serait dommage de finir dans un sac poubelle.

— Je n'ai pas peur de mourir, répondit l'homme en le regardant dans les yeux avec un sourire sadique.

Il avait les dents jaunies à cause de la drogue, et ses yeux étaient vitreux.

Merde. Il était défoncé à la meth. Et les drogués avaient un comportement imprévisible.

CHAPITRE 45

Killian attendit que Brutus soit entré dans la pâtisserie avant de faire le tour du bâtiment. Il s'arrêta en voyant deux types baraqués monter la garde devant la porte.

Il savait que Lilliana était à l'intérieur. Sinon, pourquoi des hommes seraient-ils postés à la porte ?

Ils le regardèrent d'un sale œil quand il s'approcha.

— Vous avez pas le droit d'être ici, dit celui qui avait des muscles si développés que son cou disparaissait entre ses épaules.

— Je me demandais si vous pouviez m'aider. Je cherche une fille.

— Écoute, connard, barre-toi d'ici avant qu'on te pète la gueule, grommela l'autre homme en serrant les poings.

— Alors ça, ce n'est pas très sympa, dit Killian en perdant son sourire.

— Je vais te montrer autre chose de pas sympa.

L'homme prit son élan et voulut lui donner un coup de poing, mais Killian esquiva et se jeta sur lui. Ils atterrirent lourdement par terre.

Il enfonça son poing dans la mâchoire de son adversaire et leva la tête juste à temps pour voir l'autre homme sortir un revolver de sa ceinture. Il le braqua sur Killian, mais il fut plus rapide. Il se remit debout d'un bond alors que le coup de feu partait.

Il plaqua l'autre type au sol, se saisit d'une brique et l'écrasa contre son visage. Les yeux de l'homme roulèrent dans leurs orbites, et un filet de sang coula de son nez.

Killian se releva, sentant son sang battre furieusement dans ses veines.

Il ne lui restait pas beaucoup de temps. Tout le monde dans le bâtiment aurait entendu le coup de feu, et ils étaient probablement en train de venir voir ce qui se passait.

Il ramassa les deux armes, les déchargea et les jeta dans la benne à ordures près de la porte, puis il rentra dans la pâtis- serie et se lança à la recherche de Lilliana.

CHAPITRE 46

*L*illiana se figea en discernant une voix faible. Elle était à peine audible, pourtant elle devait être sonore pour qu'elle parvienne à l'entendre. Elle leva les yeux vers le plafond.

— Killian, murmura-t-elle.

Était-il ici ? L'avait-il suivie jusqu'à la pâtisserie ?

Elle jeta un coup d'œil en biais vers la pièce entourée de verre. Les hommes avaient cessé de travailler et la fixaient tous avec des yeux emplis de désir non voilé.

L'odeur du danger était pesante dans l'air.

S'ils sortaient de cette pièce, sa vie serait menacée.

Elle devait se préparer à se défendre.

L'un des hommes ramassa un poids métallique dont il se servait pour peser les doses de meth. Il leva le bras et le cogna brutalement contre la vitre.

Elle sursauta.

La vitre tint bon, mais elle savait qu'elle ne résisterait pas éternellement.

Lorsque les autres hommes comprirent ce qu'il était en

train de faire, ils cherchèrent d'autres outils pour l'aider à briser les vitres entre lesquelles ils étaient enfermés.

Elle sentit la peur s'immiscer dans tout son corps.

S'ils se libéraient, elle savait ce qu'ils lui feraient. Des choses horribles, indescriptibles. Et quand ils en auraient terminé avec elle, ils la tueraient.

Elle ravala sa terreur et chercha des yeux quelque chose qui pourrait lui servir d'arme. Et s'ils étaient vraiment des loups comme l'avait dit Emmet ? Bon Dieu, que pourrait-elle utiliser contre eux ?

Elle ouvrit des tiroirs au hasard, fouillant parmi l'assortiment de cuillères et autres ustensiles. Aucun couteau.

— Merde.

Elle repoussa les cheveux devant ses yeux. Évidemment. Ils n'allaient pas laisser une arme en sa présence ; elle pourrait décider de s'en servir contre ses ravisseurs.

Les hommes commencèrent à frapper plus fort contre la vitre. Elle sursauta et se retourna. Le verre commençait à se fissurer lentement.

Il ne lui restait pas beaucoup de temps.

Elle monta l'escalier en courant, tambourina contre la porte et hurla en priant pour que quelqu'un l'entende.

En entendant un bruit de verre fracassé, elle eut l'impression que de la glace pénétrait dans ses poumons et l'étouffait.

Elle était officiellement fichue.

CHAPITRE 47

Killian entendit un bruit. Il semblait vraiment lointain, et des oreilles humaines n'auraient pas pu l'entendre.

Mais lui si.

C'était le cri d'une femme.

— Lilliana, souffla-t-il en se mettant à courir dans la cuisine.

La pièce était vide. Il ouvrit le garde-manger à la recherche d'une porte secrète.

Rien.

Il leva la tête en grondant.

C'est alors qu'il le sentit. Un léger tremblement contre son pied. Il baissa les yeux vers le plancher. Et le sentit à nouveau.

Un coup de feu résonna dans le bâtiment. Il leva la tête vers l'avant du magasin.

Brutus.

Il entendit son grondement distinctif. Celui qui lui avait tiré dessus allait amèrement regretter de s'être attaqué à l'Assassin.

Il s'accroupit et pressa son oreille contre le sol. Il pouvait sentir l'odeur de Lilliana.

Elle était ici.

Il regarda autour de lui pour essayer de trouver un moyen de la rejoindre.

— Putain ! cria-t-il dans un élan de frustration.

Il donna un coup de poing dans le plancher et le sentit trembler sous l'impact. Il frappa à nouveau, de toutes ses forces. Même s'il devait arracher toutes les foutues lattes de bois pour la retrouver, il le ferait.

Une latte bougea légèrement, et il vit soudain un rai de lumière à travers le sol.

Il se leva et prit un couteau sur le comptoir. Des bruits de combat et des coups de feu éclatèrent dans le magasin. Il savait que Brutus pouvait se débrouiller tout seul. Tout de suite, il devait aider Lilliana.

Il plongea la lame dans la fissure du bois et la fit tourner. La latte se déplaça suffisamment pour qu'il puisse glisser ses doigts dans l'interstice.

— Killian ! cria Lilliana en pressant son visage contre le trou.

— Je suis là. Recule.

— Dépêche-toi, ils ont presque réussi à se libérer ! Killian, ils veulent s'en prendre à moi.

— Qui ? demanda-t-il en passant ses deux mains dans l'ouverture.

— Ceux qui fabriquent la meth. Ils ont des yeux jaunes vraiment flippants. Je ne crois pas qu'ils soient humains, dit-elle d'une voix tremblante.

La colère et l'horreur se déchaînèrent en lui au point qu'il craignit de vomir.

Emmet devait travailler avec des loups rouges. C'étaient les seuls métamorphes qui trempaient dans des trafics de drogue.

Si les loups rouges attaquaient Lilliana, ils la violeraient à tour de rôle jusqu'à ce qu'elle meure.

Ses vieilles habitudes prirent le dessus, guidées par son instinct.

Il serra les dents et tira sur les lattes de bois. Rejetant la tête en arrière, il poussa un hurlement et les arracha du plancher.

— Killian ! hurla Lilliana.

Son visage disparut de l'ouverture quand elle fut tirée en arrière. La puanteur des loups rouges emplit ses narines.

En poussant un juron, il arracha les dernières planches qui l'empêchaient de passer, révélant un escalier qui menait sous la pâtisserie de Natchez.

Lilliana cria à nouveau.

Il dévala les marches à toute vitesse. Une fois en bas, il se retrouva entouré de dix loups rouges, chacun armé d'un objet métallique.

L'un d'entre eux tenait Lilliana par le cou et la gardait devant lui, comme un bouclier.

— Calme-toi, loup. Tu ne voudrais pas que je fasse mal à ta femelle, hein ? rigola le loup rouge en passant une main sale sous le haut de Lilliana pour lui toucher le sein.

— Ne la touche pas !

Killian sortit un élastique de sa poche. La fureur obscurcissait sa vision, et les automatismes d'un Assassin lui revenaient instinctivement.

Il rassembla ses cheveux et les attacha en chignon, révélant le tatouage d'Assassin à ses ennemis.

— Merde, marmonna un des types en lâchant son arme et en faisant un pas en arrière. Je sais qui t'es.

— Vous saurez tous qui je suis avant que je sorte de cette pièce.

Ses mots étaient aussi froids que l'acier. Il avait toujours tué sur commande. Maintenant, pour la première fois, il allait tuer par vengeance.

— C'est qui, Sam ? demanda celui qui tenait Lilliana en s'esclaffant. Le père Noël ?

— Putain, non. C'est Killian. L'Assassin.

Sam devint livide et essaya de prendre la fuite vers l'escalier.

Killian fit volte-face et attrapa le loup rouge par la nuque. Il le souleva au-dessus de sa tête et le jeta contre le sol en béton. Le loup poussa un cri de douleur et essaya de s'éloigner, mais Killian ne lui en laissa pas l'occasion. Il sortit son couteau en argent de sa botte et l'enfonça dans la base de son crâne, le tuant sur le coup.

Le sang se mit à jaillir sur le béton.

— Fils de pute.

Un des rouges muta et son loup avança vers Killian. Celui-ci rencontra son regard en souriant. Il lança son couteau à la verticale et le planta dans le plafond pour empêcher les autres de le prendre. S'ils voulaient jouer avec le loup, ils allaient avoir le loup.

Il enleva son jean mais ne prit pas la peine d'ôter son t-shirt. Les autres comprirent ce qui allait se passer et échangèrent des regards.

Il appela son loup et prit sa forme. La douleur et le plaisir de la mutation l'excitèrent, comme toujours. Les Assassins n'avaient pas souvent l'occasion de tuer sous leur forme de loup. D'habitude, ils restaient humains. Mais cette fois, c'était personnel. Il comptait tous les tuer pour avoir voulu s'en prendre à Lilliana.

Un loup rouge se jeta sur Killian, qui bondit et le rencontra dans les airs. Ils tombèrent au sol, le rouge au-dessus. Il mordit Killian à l'épaule. La douleur se propagea à travers son bras et son poitrail.

Il entendit Lilliana hurler.

Il pivota et reprit le dessus, plaqua le loup rouge par terre et enfonça ses crocs dans sa gorge. Du sang jaillit et le loup poussa un hurlement de douleur. Il n'émut pas Killian.

Il serra davantage les mâchoires et tira en arrière. Les yeux de son adversaire s'écarquillèrent en comprenant l'intention de Killian.

Il lui arracha la gorge.

Il redressa la tête et la tourna vers la pièce, du sang coulant de sa gueule.

Les loups rouges s'enfuirent à toutes jambes, chacun essayant de sortir de la pièce, de passer devant Killian pour retrouver la liberté. Il sauta en l'air et attrapa le manche du couteau entre ses mâchoires. Lorsqu'il atterrit sur ses pieds, il reprit forme humaine.

— Vous n'auriez pas dû la toucher, dit-il d'une voix grave et menaçante.

Il attrapa les loups rouges l'un après l'autre et plongea la lame en argent dans leur crâne. Il les massacra tous jusqu'à ce qu'il n'en reste qu'un.

Killian lança le couteau en direction de celui qui avait saisi Lilliana. La lame s'enfonça dans son front, et il s'effondra par terre.

— Lilliana, est-ce que ça va ? demanda Killian en courant vers elle.

Elle fit un pas en arrière avec de grands yeux apeurés.

— Tu m'as menti. Tu es un loup. Et un tueur.

CHAPITRE 48

*L*illiana regardait l'homme qu'elle aimait. Il était couvert de sang, et ses yeux semblaient légèrement différents. Il avait l'air d'une machine à tuer.

— Tu m'as dit que tu étais détective.

— En fait, c'est toi qui l'as dit. Mon erreur a été de ne pas te corriger, dit-il en se frottant la nuque et en évitant son regard.

Elle serra les poings.

— Killian, tu es un loup-garou. Tu ne m'as jamais rien dit là-dessus. Et tu ne m'as jamais dit que tu tuais des gens. Ils ont dit que tu étais un Assassin, dit-elle d'une voix tremblante de peur et de confusion.

— Je suis un Assassin et un loup métamorphe. Quand l'un des nôtres commet un crime grave contre la meute, je suis l'un des trois Assassins envoyés pour exécuter la sentence.

Il leva les yeux vers elle. Sous le sang et la colère dans son regard, elle vit une trace de l'homme à qui elle avait donné son cœur.

— La sentence ? La mort, tu veux dire, marmonna-t-elle.

Brutus descendit les marches à la hâte et s'arrêta en bas.

— Putain, qu'est-ce qui s'est passé ici ?

— Rien. Le problème est réglé, c'est tout.

— Tu te sens mieux, maintenant que tu as repris tes activités d'Assassin ? demanda Brutus en haussant un sourcil.

Killian rencontra son regard.

— À vrai dire, oui. Merci de demander.

— Remets ton foutu jean. Personne a envie de mater ta bite, grommela son ami avant de jeter un regard en coin vers Lilliana. Tu vas bien ?

— Je... je n'en sais honnêtement rien. Je suppose que toi aussi, tu es un loup-garou ?

Pas étonnant qu'il ait l'air si dangereux à ses yeux. Brutus plissa les paupières et ouvrit la bouche pour répondre.

— Mon grand !! Hé, grand garçon, où est-ce que t'es parti ? appela une voix féminine en haut de l'escalier.

Brutus fit la grimace.

— Grand garçon ? Brutus, c'est qui ? demanda Killian en se penchant pour voir qui était en haut des marches.

— C'est Edith, grommela Brutus.

— Oh mon Dieu. Edith. Elle est blessée ?

Lilliana se précipita vers l'escalier et leva la tête.

— C'est qui, Edith ? demanda Killian.

— Je prête main-forte au grand, répondit Edith.

Brutus fourra ses mains dans ses poches en piquant un fard.

— Elle a sorti un calibre 44 quand le propriétaire a refusé de lui vendre un gâteau colibri. Elle le secouait dans tous les sens et un coup est parti, expliqua Brutus avec un petit sourire. Ces types se sont chiés dessus. C'est là que tout le monde s'est mis à tirer. Deux hommes sont morts, mais le propriétaire est vivant et maîtrisé à l'étage.

— Et elle n'a pas été touchée ? demanda Lilliana à Brutus.

Il éclata de rire.

— Edith ? Non. Elle est peut-être vieille, mais elle est aussi rapide qu'un chat. Et puis, c'est une louve...

— Une louve ?

Sourcils froncés, Lilliana leva la tête vers la vieille dame, qui lui sourit.

— Bonjour, ma chérie. Qu'est-ce que tu fiches dans ce trou avec mon petit chou, Brutus ?

— Petit chou ? répéta Killian en haussant un sourcil.

— Je t'emmerde, Killian, grogna Brutus.

— Edith, est-ce que c'est vrai ? demanda Lilliana à la vieille dame. Vous êtes une louve ?

— Eh oui. Tu ne peux pas t'en rendre compte parce que tu es humaine, tu n'as pas assez d'odorat pour me sentir. Et je porte du Chanel n°5, c'est pour ça que Brutus ne s'en est pas aperçu tout de suite. Il paraît que ça rend les hommes fous, ajouta-t-elle en aparté avec un clin d'œil à Lilliana. Apparemment, ça fait même davantage. Ça camoufle mon odeur de métamorphe.

— J'ai l'impression que Lorcan l'aimerait beaucoup, dit Killian.

— Un autre Assassin, j'imagine ? demanda sèchement Lilliana.

Killian hocha la tête. Brutus se tourna vers lui.

— J'ai déjà appelé Barrett. Il n'a pas répondu, mais je lui ai laissé un message.

— Qu'est-ce qui va se passer, maintenant ? demanda Lilliana en serrant ses bras autour de son corps. Je veux dire, est-ce qu'on doit faire disparaître les preuves ? Est-ce qu'on va m'interroger ?

— Je ne nettoie pas ce merdier. Les Assassins, ça nettoie pas, lâcha Brutus en commençant à monter l'escalier.

Lilliana regarda timidement Killian. Il avait la tête tournée vers le carnage qu'il avait causé. Elle remarqua le tatouage dans sa nuque.

— Je crois pas qu'on puisse vraiment nettoyer ça. Et puis, les complices d'Emmet ne feraient que recommencer leur trafic ailleurs. C'est une couverture parfaite pour un labo de meth, dit-il.

— Alors, qu'est-ce qu'on fait ? demanda-t-elle.

— J'ai remarqué que c'est le seul bâtiment occupé dans le quartier.

Elle hocha la tête.

— Les autres commerces ont tous fermé il y a des années. Personne ne veut plus s'installer dans cette partie de la ville. Pourquoi est-ce que tu en parles ?

— Parce que je veux être sûr qu'il n'y a personne dans les immeubles à côté. Je vais réduire la pâtisserie en cendres.

La mâchoire de Lilliana se décrocha.

— Comment ?

Il montra le laboratoire où les loups fabriquaient la drogue.

— La ventilation part dans les égouts. Si le méthane entre en contact avec du feu, il explosera. Mais d'abord, je dois te faire sortir d'ici.

Elle frissonna de plus belle.

— Alors, l'immeuble va être détruit.

— Je suis désolé. C'est nécessaire. Les preuves de l'existence des métamorphes doivent être détruites. La police pensera qu'une fuite de gaz a causé l'explosion et tué tous ces gens.

— Je vais faire le tour des bâtiments pour être sûre qu'il n'y a personne. Des sans-abris pourraient se trouver à l'intérieur.

— Je peux m'en occuper.

— Il ne vaut mieux pas. Si quelqu'un te voit dans cet état, il appellera la police. Et c'est exactement ce que tu veux éviter, dit-elle en se tournant vers l'escalier. Je te conseille au moins d'enlever le sang sur tes mains et sur ton visage avant de sortir. Et sur ton torse, puisque tu as déchiré ton t-shirt en lambeaux quand tu... t'es transformé.

— On appelle ça « muter ».

— Muter.

Après un dernier hochement de tête, elle grimpa les marches, laissant les corps ensanglantés derrière elle.

CHAPITRE 49

Killian sortit de la douche de Monmouth et enroula une serviette autour de ses hanches. Enlever tout le sang et les morceaux de chair des loups rouges de ses cheveux lui avait pris vingt bonnes minutes. Le temps qu'il ait terminé, il avait terriblement envie d'un whisky et d'une longue sieste.

Mais il n'avait pas le temps pour ça. Il devait se préparer pour l'arrivée de Barrett, et surtout, il devait parler à Lilliana.

Après avoir appelé son chef de meute et fait son rapport, Barrett lui avait ordonné de rester où il était. Il était en chemin, et ne venait pas seul.

Killian sécha ses cheveux et regarda son reflet dans le miroir. Son ventre se nouait chaque fois qu'il repensait au regard de Lilliana après l'avoir vu massacrer une pièce entière de loups rouges.

Au téléphone, Barrett n'avait pas caché sa colère en apprenant que Killian avait tué tous les loups et que Lilliana connaissait l'existence des métamorphes.

Son chef de meute lui avait passé un savon pour avoir foncé tête baissée sans attendre les ordres.

Il avait vraiment déconné cette fois, et il n'était pas sûr de pouvoir convaincre Barrett de le laisser s'en tirer sans conséquences.

Lorsqu'on frappa à la porte, il sentit une boule se former dans sa gorge.

C'était peut-être Lilliana ? Il chercha son jean et se rappela qu'il n'avait plus de vêtements propres. Il n'avait pas prévu de se retrouver couvert de sang au cours de cette mission, et n'avait emporté qu'un seul jean.

Il resserra la serviette autour de sa taille avant d'aller ouvrir.

— Mec, je veux vraiment pas voir ça, gémit Lorcan en se couvrant les yeux.

Il lui lança un jean et un t-shirt.

— Tiens, par pitié, mets des fringues avant que je devienne aveugle.

— Tu aimerais bien être aussi canon que moi, Lorcan, répliqua Killian en acceptant les vêtements de mauvaise grâce. Tu veux entrer ?

— Seulement si tu promets de t'habiller, répondit Lorcan qui se cachait toujours les yeux.

— Quel pleurnichard.

Killian ouvrit la porte et laissa entrer l'Assassin.

— Tu es arrivé quand ? demanda-t-il en allant enfiler les vêtements dans la salle de bains.

— Il y a environ une heure. Je suis allé voir où se *trouvait* la pâtisserie de Natchez avant de venir ici.

Lorcan s'approcha de la fenêtre et regarda le jardin.

— Tu as carrément fait sauter tout le pâté de maisons.

— Ouais, dit Killian avec une grimace alors qu'il revenait dans la chambre. Je crois que Barrett ne va pas être content.

— Tu crois ? lâcha Lorcan en se retournant vers lui.

Killian se passa la main sur le visage, mal à l'aise.

— Je n'avais pas beaucoup de temps pour faire disparaître

les preuves. Faire sauter l'immeuble et faire passer l'explosion pour une fuite de gaz était ma seule option. Mais bon,
j'imagine que j'ai foiré.

— Je n'aurais jamais pensé t'entendre dire ça un jour.

— Dire quoi ? demanda Killian avec un soupir. Que j'ai
tout foiré ?

— Non. Que tu as décidé de faire sauter un endroit qui...
fabrique des gâteaux, répondit Lorcan en souriant.

— Quel enfoiré, rigola Killian.

Pendant un instant, le poids sur ses épaules lui parut
moins lourd. Il accueillit cette distraction momentanée avec
reconnaissance.

— Comment va Lilliana ?

— Ah oui, Lilliana. Je me demandais au bout de combien
de temps tu allais demander des nouvelles de l'humaine, dit
Lorcan en se retournant vers la fenêtre. Elle est belle, hein ?

Killian serra les dents.

— Bien sûr qu'elle est belle. Il faudrait être aveugle pour
ne pas le remarquer. Mais elle est plus que ça. Elle est talentueuse, intelligente et drôle. Et elle a la mauvaise habitude
d'être bornée et de ne jamais faire ce que je lui dis.

Le visage de Lorcan s'illumina et un large sourire se
dessina sur ses lèvres.

— Je crois que je l'apprécie encore plus.

Killian se laissa tomber dans le fauteuil près de la fenêtre.

— Lorcan, je...

— Tu es amoureux d'elle, soupira Lorcan. J'ai parlé à
Brutus.

— Brutus t'a dit ça ? demanda Killian dans un grommelle-
ment, un peu vexé.

Lorcan se tourna pour le regarder dans les yeux.

— Non, pas du tout. Mais il m'a parlé du carnage dans le
sous-sol de la pâtisserie. Tu es un Assassin, Killian. Et tu es
très bon dans ton métier. Chaque fois qu'on nous a assigné

une mission, tu as accompli ton rôle sans faillir. Et tu exécutes rapidement et proprement, sans manifester d'émotion. Pourtant, ce que Brutus a vu dans ce sous-sol était le résultat de beaucoup d'émotions. Tu les as tous tués parce qu'ils menaçaient de faire du mal à Lilliana. Seule une émotion extrêmement forte aurait pu te faire agir ainsi.

Killian se prit la tête entre les mains.

— Que je l'aime ou pas, ça n'a pas d'importance. Elle ne voudra jamais de moi. Pas après que je lui ai menti, que je lui ai caché qui j'étais. Lorcan, tu n'as pas vu le regard qu'elle m'a jeté quand j'ai tué tous ces loups, murmura-t-il.

— Elle n'avait encore jamais vu de loup métamorphe. Et encore moins un Assassin. D'ailleurs, je suis prêt à parier qu'elle n'avait encore jamais connu quelqu'un prêt à tuer pour la défendre.

— Je ne pense pas qu'elle s'en remettra un jour. Je lui fais peur, Lorcan.

— Alors, elle doit faire un choix. Être avec toi ou pas.

CHAPITRE 50

— *J*e suis vraiment ravie de vous accueillir, dit Mme Spell en tendant un verre de sherry à Barrett. Monsieur Welbourn me dit que vous êtes de la Nouvelle-Orléans ?

— Merci, madame Spell. J'apprécie votre hospitalité. Et merci d'avoir accepté de nous loger à la dernière minute. En fait, je suis d'Arkansas. J'ai emménagé à la Nouvelle-Orléans il y a quelques mois.

Il but une gorgée et essaya de ne pas grimacer. Il s'était mis en route pour Natchez quelques heures plus tôt après avoir appelé Jack Welbourn pour lui expliquer ce qui s'était passé. Jack l'attendait à l'auberge Monmouth avec une poignée de ses Gardiens.

Le chef de la meute du Mississippi lui assena une claque dans le dos, juste un peu trop fort.

— Je l'ai invité à venir passer un petit séjour ici pour parler affaires.

— Jack, merci infiniment d'avoir choisi Monmouth, dit Mme Spell avec un large sourire en tapotant ses cheveux.

Il semblait à Barrett que les joues de la vieille dame rosissaient légèrement quand elle regardait Jack.

— Bien sûr, ma chère, répondit ce dernier en souriant. Auriez-vous un salon privé que nous pourrions utiliser pour notre petite réunion ?

— Je vais vous installer dans la bibliothèque. Vous pouvez rester aussi longtemps que vous voulez, personne ne viendra vous déranger. La plupart des chambres se sont libérées ce matin.

Mme Spell les guida à travers la maison jusqu'à la bibliothèque. Elle sortit une clé d'une poche de sa veste et déverrouilla la porte.

— Avec toute la fumée provoquée par l'explosion de la pâtisserie, personne n'avait envie de rester, continua-t-elle en secouant la tête. J'ai eu beau leur dire qu'elle se serait dissipée d'ici demain matin et leur demander un peu de patience, ils n'ont rien voulu savoir.

— Quoi qu'il en soit, vous avez des hôtes ce soir, ma chère. J'imagine que vous avez prévu un bon dîner ? demanda Jack sans se départir de son sourire amical.

Barrett se retint de lever les yeux au ciel. Le chef de meute n'était plus tout jeune, mais il savait toujours s'y prendre avec les dames.

— Bien sûr. Nous avons une cuisinière merveilleuse, répondit Mme Spell avant de froncer les sourcils. En fait, elle a démissionné ce matin, ce qui m'inquiétait beaucoup, mais elle a changé d'avis. Je lui ai donné une augmentation et des jours de repos supplémentaires.

— Quelle bonté, madame Spell. Je parie que personne ici n'a un aussi grand cœur que le vôtre, dit chaleureusement Jack.

Barrett entra dans la bibliothèque et attendit que son ami fasse de même.

— Je vous laisse tranquilles. Servez-vous dans le bar. Il y a du whisky, du scotch et du bourbon. De très bonnes bouteilles, dit-elle en refermant la porte pour les laisser seuls.

Jack rencontra le regard de Barrett. Sa bonne humeur s'était envolée, ainsi que son sourire.

— Avant que tu ne dises quoi que ce soit, je dois parler à Killian. Je veux sa version des faits.

— Killian n'est pas un Gardien, protesta Jack en secouant la tête. Tu aurais dû envoyer quelqu'un d'autre.

— J'ai envoyé qui j'ai envoyé.

Barrett alla ouvrir la porte. Les deux Gardiens du Mississippi qui montaient la garde hochèrent brièvement la tête pour saluer Barrett.

— Amenez-moi Killian.

— Tout de suite.

L'un des loup s'éloigna dans le couloir. Barrett referma la porte et s'approcha du bar, où il laissa son verre de sherry.

— Je comprends pas comment tu fais pour boire cette merde, grommela Barrett en prenant la bouteille de bourbon.

Il s'en servit une double dose et but une gorgée avant de se tourner vers Jack.

— Tu vois, ça, c'est bon.

— Donne-moi ce sherry. On ne gâche pas l'alcool, peu importe ce que c'est, dit Jack d'un ton sévère en versant le verre abandonné de Barrett dans le sien.

Ils entendirent des coups légers contre la porte.

— Entre, dit Barrett.

Killian entra lentement dans la pièce. Ses cheveux étaient encore mouillées et il portait son habituelle tenue noire. Il avait une expression résignée. Barrett fronça les sourcils. Il n'avait pas l'habitude de voir le loup habituellement taquin et désinvolte si sérieux.

— Tu voulais me voir ?

— Killian, tu connais déjà Jack Welbourn, le chef de la meute du Mississippi.

— Content de vous revoir, monsieur Welbourn. J'aurais aimé que ce soit dans d'autres circonstances, dit poliment Killian.

— Et si on s'asseyait ? proposa Barrett.

Il s'installa sur le canapé, et les deux loups l'imitèrent.

— Killian, j'ai des questions à te poser, dit Barrett en le regardant par-dessus la bordure de son verre. Je t'ai envoyé effectuer une mission de reconnaissance. En seulement quelques jours, tu t'es débrouillé pour impliquer une humaine dans les affaires de la meute. Elle a été blessée par balle et kidnappée. Ton loup a aussi tué une vingtaine de loups sous ses yeux. Et pour couronner le tout, tu as fait sauter tout un pâté de maisons autour de la pâtisserie de Natchez. C'est bien ça, ou est-ce que j'oublie quelque chose ?

— Ça a l'air bien pire quand tu le dis à voix haute.

— Pourquoi est-ce que tu ne m'as pas contacté quand tu as appris qu'ils vendaient la drogue dans ce club de striptease à Memphis ? demanda sévèrement Barrett.

Killian prit une profonde inspiration avant de répondre.

— Parce que je voulais d'abord arrêter Emmet Reece et avoir la situation sous contrôle.

— Il s'est passé tout le contraire, grommela Jack.

— Vous avez raison, reconnut Killian. Quand je suis rentré à Monmouth, j'ai compris que Lilliana avait été kidnappée. Elle m'avait laissé un indice pour que je comprenne qu'elle avait été emmenée à la pâtisserie de Natchez. Mon objectif était de la sortir de là avant d'arrêter Emmet Reece. Il fabriquait la drogue dans le sous-sol de sa pâtisserie. Mais en découvrant qu'elle était emprisonnée dans une pièce pleine de loups rouges sur le point de l'agresser...

— Tu les as massacrés, termina Barrett à sa place.

— Attendez, il y avait des loups rouges dans le sous-sol ?

Jack se redressa dans le fauteuil sur lequel il était assis.

— Oui, répondit Killian. Emmet les employait pour fabriquer la meth. Ils travaillaient dans le sous-sol et faisaient sortir la ventilation dans les égouts.

— Les humains ne s'en seraient jamais rendu compte, ils n'ont pas notre odorat, murmura Barrett.

— Combien de loups rouges étaient sur place ? demanda Jack en posant son verre sur la table basse.

— Une dizaine.

— Emmet savait ce qu'ils étaient. J'ai consulté son dossier. Il n'a jamais fait partie de l'armée, donc ce n'est pas là-bas qu'il a appris notre existence, dit Barrett en se massant la tempe.

— Je n'arrive pas à croire que des loups rouges fabriquaient de la meth dans mon État, lâcha Jack avec contrariété. C'est de la mauvaise presse. Vraiment mauvaise.

Il secoua la tête.

— Au moins personne ne le saura maintenant que Killian a fait disparaître les preuves, remarqua Barrett en levant son verre de bourbon.

Jack se tourna vers l'Assassin et l'observa un moment, tête penchée.

— Parle-moi de l'humaine.

— Lilliana Beckway. Elle travaille à Monmouth. C'est une cuisinière et une pâtissière fabuleuse. Elle a accepté un travail supplémentaire pour confectionner et livrer des gâteaux colibri à la pâtisserie de Natchez. Emmet Reece a eu l'idée de cacher la drogue au centre des gâteaux. C'est comme ça qu'il la transportait jusqu'à la Lune Argentée, le club de striptease. Je suis sûr que le chef de meute du Tennessee sera content d'apprendre cette information. Puisqu'on a fait sauter le labo d'Emmet, la chaîne de production est brisée.

— Bien joué, Killian, dit Jack.

Il se leva et lui tendit la main. Killian la serra, un peu stupéfait.

— Vous voulez dire que vous n'êtes pas en colère que j'aie fait sauter la pâtisserie ?

— Je me suis déjà entretenu avec le chef de la police et il a conclu à une fuite de gaz. Il sait qu'il doit se débarrasser des os qu'ils trouveront sur place dans le fleuve, répondit Jack avant de se tourner vers Barrett. J'ai tout ce qu'il me faut. Nous avons mis fin à l'un des trafics de drogue les mieux organisés du Mississippi, et en plus, des loups rouges rebelles sont morts. Je dois passer quelques coups de fil. J'apprécie ton aide dans cette affaire, Barrett.

Barrett se leva à son tour et serra la main du chef de meute.

— On se voit au dîner.

Killian attendit que Jack soit sorti de la pièce pour regarder Barrett dans les yeux.

— Bon, si tu n'as plus besoin de moi, je dois aller parler à Lilliana.

— On a pas terminé. Assieds-toi, dit Barrett d'un ton autoritaire.

Killian ravala une réplique acerbe et obéit.

CHAPITRE 51

*L*illiana vit l'homme d'un certain âge, Jack Welbourn, sortir de la bibliothèque dans laquelle était enfermé Killian. Elle ne l'avait pas revu depuis l'explosion du bâtiment. Même s'il lui avait menti, elle avait besoin de s'assurer qu'il n'avait rien.

Elle secoua la tête. Ça n'avait aucun sens. Bon Dieu, Killian était un loup-garou. Ou un loup métamorphe, peu importait. Bien sûr qu'il n'avait rien.

C'était elle qui avait besoin d'aide. Elle avait de plus en plus peur pour sa santé mentale.

— Ça va encore durer un moment, dit Brutus dans son dos, la faisant sursauter.

— Merde, tu as failli me donner une attaque.

— Désolé. J'oublie que les humains sont fragiles, dit le loup d'un air impassible.

— Je ne voulais pas dire littéralement. C'est juste une façon de parler.

Avec un regard courroucé, elle s'éloigna vers la cuisine. Brutus lui emboîta le pas.

— Apparemment, nous avons beaucoup de monde à dîner

ce soir. Si ça ne te dérange pas, je dois commencer à cuisiner.

— Tu plais à Killian, dit Brutus en penchant la tête. C'est inhabituel.

Elle se tourna vers lui et lui accorda toute son attention.

— Quoi, que quelqu'un lui plaise ?

— Non. Que tu lui plaises. Tu n'es pas comme les autres filles avec qui il a été.

— Comment ça ? demanda-t-elle, le cœur battant.

— En général, il préfère les blondes aux yeux clairs, dit-il en haussant les épaules.

— Peut-être que ses goûts ont changé.

Elle sentit une boule se former dans sa gorge. Elle ne plaisait pas vraiment à Killian ; pour lui, elle n'était qu'une conquête de plus.

— Non. Ce qu'il ressent pour toi, il ne l'a jamais ressenti avant.

— De toute façon, ça n'a pas d'importance, si ? Il m'a menti, il m'a caché qu'il est un...

— Dis-le avec moi : un loup métamorphe.

— Tu sais, j'aurais pensé que toute cette histoire me ferait flipper davantage.

— Ce n'est pas le cas ?

— Je ne sais pas... le voir devenir un loup était assez dingue. Mais je me suis souvent demandé s'il y avait des choses qu'on ignorait sur notre réalité. Et j'ai toujours aimé regarder la chaîne de science-fiction.

Elle haussa les épaules, sortit des légumes et les posa près de la planche à découper.

— Mais ça n'a aucune importance. Je suis presque sûre que les relations entre loups et humains sont interdites, ajouta-t-elle.

— Les Assassins ne prennent pas de compagne. Pas parce qu'ils n'en ont pas envie, mais parce que c'est très rare qu'ils rencontrent leur véritable âme sœur, dit Brutus avant de croquer dans une carotte et de mâcher pensivement. Je pense que c'est une manière pour le destin de s'assurer que notre femelle sera assez forte pour supporter ce qu'on fait.

— Comme vous voir massacrer une pièce pleine de loups ? demanda-t-elle en frissonnant.

— Ouais. Je n'avais jamais vu Killian mener une exécution comme ça. D'habitude, il préfère tuer d'une balle en argent dans le crâne. Une mort instantanée, propre. Mais quand il a vu que tu étais en danger, il a pété un câble et son instinct possessif d'alpha s'est réveillé.

Brutus la regarda dans les yeux avant de continuer :

— Il t'a menti pour te protéger. Il voudra toujours te protéger. Maintenant, c'est à toi de réfléchir et de prendre une décision. Peux-tu accepter d'être aimée de la sorte par un loup ?

Il mordit à nouveau dans la carotte qu'il avait à la main et se tourna vers la porte.

— Brutus, attends.

Il se retourna.

— Je vais préparer le dîner, mais je ne sais pas quoi faire pour le dessert. J'en ai assez des gâteaux colibri. Tu as une idée ?

Un petit sourire flotta sur les lèvres du loup. Il ouvrit la porte et répondit par-dessus son épaule :

— Une grosse génoise. Je pense que tu devrais faire une grosse génoise fourrée à la crème.

CHAPITRE 52

*K*illian attendait que Barrett reprenne la parole, de plus en plus stressé. Il n'était pas un trouillard, mais son chef de meute le mettait à cran.

— Je sais ce que tu vas dire, et tu as raison, dit-il finalement.

— Qu'est-ce que je vais dire ? demanda Barrett en buvant une gorgée de son verre.

— Que j'ai déconné. Que j'aurais dû t'appeler et te dire qui fabriquait la drogue et comment elle était distribuée. Tu vas me dire que j'aurais dû attendre les ordres au lieu de foncer à la pâtisserie quand j'ai compris qu'ils avaient enlevé Lilliana.

— Tu te trompes. Enfin, tu te trompes en partie.

Killian attendit la suite, surpris.

— Tu aurais dû m'informer dès que tu savais où la drogue était transportée. Mais sur un point, tu as fait ce qu'il fallait.

— Vraiment ? Lequel ? demanda Killian en fronçant les sourcils.

À ses yeux, il lui semblait qu'il avait foiré toute la mission.

— Tu as eu raison de ne pas attendre pour secourir

la fille.

— Lilliana. Elle s'appelle Lilliana.

Elle ne voudrait probablement plus jamais lui parler. Il avait vraiment tout gâché avec elle.

— Lilliana, rectifia Barrett en inclinant la tête. Si j'avais été dans ta situation, rien ne m'aurait empêché d'aller la secourir et la mettre en sécurité. Je ne suis même pas vraiment en colère pour le carnage que tu as fait avec les loups rouges. L'enquête a révélé qu'ils faisaient partie de la meute de Boudier, celle qui a kidnappé Ava. Ça ne me dérange pas qu'ils soient morts.

— Et le bâtiment ?

— Pas mon État, pas mon problème. Jack n'avait pas l'air trop inquiet.

— Alors, je peux y aller ?

— Pas si vite.

Barrett posa son verre et se leva.

— J'aimerais que tu sois honnête avec moi.

— Bien sûr. Je n'ai rien à cacher.

— Tu es heureux dans ta vie ?

— Bien sûr. J'adore être un Assassin, répondit-il avec un haussement d'épaule. Même si la mission de reconnaissance ne m'a pas dérangé.

— Tu n'as pas trouvé ça trop chiant, finalement ? demanda Barrett en haussant un sourcil.

— En fait, c'était beaucoup de boulot, avoua Killian. Et pas aussi simple que je le pensais.

— Sans blague.

Barrett esquissa un sourire satisfait. Killian releva les yeux vers son chef.

— Barrett, je tiens à te présenter des excuses. Je croyais que cette mission était indigne de moi. Mais une fois sur place, je me suis rendu compte que le travail des Gardiens n'est pas facile et qu'ils doivent affronter le danger au quotidien. J'aurais dû te tenir informé dès que j'ai compris ce qui se passait. Je suis désolé.

— Eh ben. C'était douloureux ? railla Barrett en reprenant son verre.

— Plus que tu ne le sauras jamais, répondit-il dans un soupir.

— Tant mieux.

Barrett s'approcha de lui et lui donna une claque dans le dos.

— Content que tout ça soit réglé.

— C'est tout ? Tu ne vas pas me virer ? Me bannir de la Nouvelle-Orléans ? demanda Killian avec inquiétude.

— Non. J'ai assez de problèmes à gérer comme ça.

— Comme décider quoi faire d'Emmet Reece ? Je ne sais pas si on peut détenir un humain dans nos prisons, mais il en sait trop sur les métamorphes pour le relâcher.

— Le cas d'Emmet Reece est déjà réglé, lui apprit Barrett. On est allés l'interroger pour savoir comment il avait découvert l'existence des loups, mais on est arrivés trop tard. Quelqu'un a été plus rapide que nous.

— Qui ?

— Une louve, une certaine Edith. Apparemment, elle a suivi Brutus jusqu'à l'entrepôt en dehors de la ville. On avait pris possession des lieux et on gardait Emmet là-bas. Edith a persuadé les gardes de la laisser entrer et elle lui a tiré dessus.

— Merde. Elle a dit pourquoi ?

— Apparemment, il a toujours refusé de lui vendre du gâteau colibri, répondit Barrett en haussant les épaules.

— Ouah. On ne peut jamais savoir de quoi les gens sont capables.

— Non, c'est vrai, s'esclaffa Barrett. Tu dois encore parler à quelqu'un d'autre, il me semble. Une très jolie fille dans la cuisine.

Il lui lança un regard entendu.

— Je dois te parler d'autre chose. Tu ferais peut-être mieux de te resservir un verre.

— Merde. Quoi ? lâcha Barrett avec un regard fatigué.

— Lilliana est enceinte. De moi.

— Comment est-ce possible ? Tu n'es là que depuis quelques jours.

— Je sais. Je ne me suis pas protégé parce que je pensais qu'elle ne pouvait pas tomber enceinte de moi. Mais c'est arrivé. Et je veux être là pour elle, si elle m'y autorise.

— Tu sais que c'est contre les règles, dit Barrett d'un ton dur. Tu ne peux pas tout avoir. Soit tu gardes ton boulot, soit tu démissionnes pour être avec ta femelle.

Killian sentit son monde se renverser.

— Je te respecte énormément, Barrett. Mais si je dois renoncer à être un Assassin pour être avec Lilliana, je crains de devoir te donner ma démission.

Les lèvres de Barrett se serrèrent jusqu'à ne former qu'une fine ligne.

— Très bien. Il me la faut par écrit d'ici ce soir.

Killian se tourna vers la porte.

— Tu dis que Lilliana sait cuisiner ? demanda Barrett dans son dos.

— C'est une experte. Je n'ai jamais rien mangé de meilleur, répondit Killian avec un large sourire.

— Tant mieux. Dans ce cas, tu n'auras plus besoin de réclamer des cookies à Jacey.

À son ton hargneux, Killian sentit qu'il lui lançait un avertissement.

— C'est vrai. Absolument.

— Content que ce soit clair.

Barrett se rassit sur le canapé et leva son verre à ses lèvres alors que Killian sortait de la bibliothèque.

Maintenant, il devait aller trouver Lilliana et la convaincre qu'il ne pouvait pas vivre sans elle.

CHAPITRE 53

Elle le sentit arriver avant qu'il entre dans la cuisine. Son cœur se mit à tambouriner dans sa poitrine. Quand il entra dans la pièce, elle fut envahie par le désir.

Elle continua de couper les légumes sur la planche. C'était à lui de parler le premier.

— Coucou.

Sa voix grave lui fit l'effet d'une vague de chaleur contre sa peau. Elle s'éclaircit la gorge.

— Ta réunion avec Barrett et Jack est terminée ?

— Oui.

Lorsqu'il fit un pas vers elle, elle sentit sa résolution fléchir. Elle avait terriblement envie de se blottir dans ses bras, mais elle devait rester forte.

— Lilliana, j'ai besoin de te parler. Et j'aimerais te regarder dans les yeux pendant que je le fais.

Elle posa le couteau et inspira profondément. La dernière fois qu'elle l'avait vu, il était dans le sous-sol, couvert de sang. Elle se retourna lentement. Il se tenait près d'elle, entièrement vêtu de noir.

— Je suis désolé de t'avoir menti. Je voulais juste te protéger. Je pensais le faire en te cachant que j'étais un loup. Au lieu de ça, je t'ai mise en danger de mort, dit-il avant de déglutir. Lilliana, je suis vraiment désolé. Je ne ferais jamais rien pour te faire du mal. J'espère que tu le sais.

— Je n'avais jamais vu quelque chose de comparable à ce que tu as fait dans cette cave.

— Je suis vraiment désolé. Je ne suis pas comme ça en temps normal. Enfin, pas tous les jours, dit-il avec une grimace.

Elle croisa les bras.

— Alors quand tu exécutes des gens en temps normal, ça ne se termine pas toujours en carnage ?

— Non. Et je n'exécute pas n'importe qui, seulement les loups qui ont commis les crimes les plus horribles, dit-il avant de pousser un soupir. D'habitude, je leur mets une balle dans la tête. Une balle en argent. Ou alors je les poignarde dans le cœur, mais je ne fais jamais ce qui s'est passé dans ce sous-sol.

Il s'ébouriffa les cheveux, paraissant soudain presque vulnérable.

— Mais quand j'ai vu ces loups rouges qui voulaient s'en prendre à toi, je ne pensais plus qu'à tous les exterminer. Je sais que tu dois me prendre pour un monstre, ajouta-t-il en fixant le sol.

Elle sentit son cœur se serrer.

— Tu sais, Brutus aussi a dit que tu ne tuais pas comme ça, normalement.

— C'est vrai. Je ne le fais pas.

— En fait, il a dit que tu l'avais fait parce que tu m'aimes.

Elle déglutit en attendant sa réponse. Il releva la tête et la regarda avec des yeux suppliants.

— Il a dit ça ?

— Oui.

Le silence s'étira entre eux.

— Ben, il a raison, murmura-t-il finalement en faisant un pas vers elle. C'est vrai, je t'aime. Je t'aime depuis la première fois que je t'ai vue dans le jardin.

— Quand tu as recraché mon gâteau ? se rappela-t-elle en secouant la tête.

— Ouais.

Avec un sourire, il s'approcha encore jusqu'à ce qu'ils ne soient plus qu'à quelques centimètres l'un de l'autre.

— Lilliana, je sais que c'est difficile de vouloir être avec moi après avoir assisté à ce que j'ai fait. Mais je t'aime. Je veux que tu sois ma compagne, pour toujours. J'ai déjà donné ma démission à Barrett. Je renonce à être un Assassin pour être avec toi.

Elle sentit ses yeux s'emplir de larmes.

— C'est vrai ?

— Oui. Je ne veux pas te perdre.

Il pencha la tête et recouvrit ses lèvres des siennes, lui donnant un baiser contenant tant d'amour qu'elle eut l'impression de fondre sur le carrelage de la cuisine.

Quand il s'écarta, il appuya son front contre le sien.

— Je dois te dire autre chose.

— Quoi ?

— Normalement, les humains et les métamorphes ne se mettent pas ensemble, et ils ne se reproduisent pour ainsi dire jamais, dit-il avant de poser la main sur son ventre. Mais en dépit de toutes les probabilités, tu es enceinte.

— Comment pourrais-tu le savoir ? On n'a couché ensemble qu'il y a quelques jours.

— Je le sens dans ton odeur, dit-il avec un regard scintillant de tendresse.

Elle cligna des yeux, n'arrivant pas à croire ce qu'il était en train de lui dire.

Enceinte. Elle allait devenir mère.

— Je t'aime, Lilliana. J'aimerais t'épouser et que tu

deviennes ma compagne. Je veux élever cet enfant avec toi et qu'on devienne une famille, dit-il en prenant ses mains dans les siennes. Je t'en supplie, dis quelque chose, ma chérie.

— C'est incroyable.

— La plupart des histoires d'amour le sont.

— Moi aussi je t'aime, Killian.

Il lui fit un immense sourire.

— Alors, c'est arrangé. Je dois trouver un ordinateur pour taper ma lettre de démission à Barrett. Pour officialiser les choses.

Il se tourna vers la porte, mais elle le retint par la main.

— Attends. Je ne veux pas que tu fasses ça. Être un Assassin fait partie de toi, l'homme que j'aime. Je ne te demanderais jamais de choisir entre moi et Lorcan et Brutus. Ils sont comme tes frères.

— Vraiment ? demanda-t-il en écarquillant les yeux. Mais Barrett m'a déjà dit que je devais choisir. Et je t'ai choisie.

— Laisse-moi aller lui parler. Je reviens tout de suite.

Elle enleva son tablier, le posa sur le comptoir et sortit de la cuisine.

CHAPITRE 54

*L*illiana toqua à la porte de la bibliothèque, le ventre noué.

— Entrez, dit une voix grave qui la fit presque sursauter.

Elle inspira profondément avant d'ouvrir la porte. Barrett était installé derrière le bureau et la regardait attentivement.

— Je peux vous parler, monsieur ?

— Appelle-moi Barrett. Personne ne m'appelle monsieur, répondit-il en l'invitant à entrer d'un signe de la main.

Elle referma la porte derrière elle.

— Assieds-toi.

— Je préfère rester debout, dit-elle en joignant les mains.

— Pas encore habituée aux loups, hein ?

— Ce n'est pas tous les jours qu'on rencontre des êtres surnaturels.

— Surnaturels. Je n'avais jamais pensé à nous en ces termes, dit-il en buvant une gorgée de bourbon. De quoi souhaitais-tu me parler, Lilliana ?

— Est-ce que tu as obligé Killian à choisir entre son métier et moi ?

Il plissa les yeux.

— En effet. Tu seras heureuse d'apprendre qu'il t'a choisie.

— Je sais. Il me l'a dit, dit-elle en essayant d'ignorer la boule dans sa gorge. Je peux te poser une question, Barrett ? Qu'est-ce que tu vas faire de moi, maintenant que je connais l'existence des loups métamorphes ?

— Les humains ne peuvent pas apprendre notre existence, dit-il en posant ses coudes sur le bureau.

— Je comprends. Et si j'avais une solution pour remédier à ce problème ?

— Et qu'est-ce que ce serait, je peux savoir ?

— Tu pourrais permettre à Killian de rester un Assassin et nous autoriser à être ensemble. Comme ça, j'aurais tout intérêt à garder le secret. Tu pourrais être certain que je ne le dirai à personne.

Il rit doucement.

— Jusqu'à votre première dispute. Et alors, tu iras crier sur tous les toits ce qu'il est... ce que nous sommes.

— Je ne ferais pas une chose pareille. Je ne voudrais jamais le mettre en danger. Je l'aime, dit-elle en soutenant son regard sans ciller.

— Être la compagne d'un Gardien est déjà compliqué, mais être la compagne d'un Assassin, c'est brutal. Ça ne te dérangera pas quand il partira exécuter des criminels ? Tu as vu ce qu'il a fait à ces loups dans la cave de la pâtisserie.

— Je sais que je l'aime, et je veux qu'il soit heureux. Être un Assassin le rend heureux.

— Toi aussi, d'après lui. Et qu'est-ce que tu feras pendant qu'il est parti en mission ?

— Je l'attendrai, répondit-elle avant d'éclater de rire et de poser la main sur son ventre. Et d'après Killian, je prendrai soin d'un bébé.

— Il a raison. Tu es enceinte. Je peux le sentir.

Elle le regarda avec surprise.

— Alors c'est vrai.

— Oui. Et pour être sincère, ce bébé me rend curieux. Les loups et les humains ne se reproduisent pas, d'habitude. On dirait que Killian et toi faites exception à la règle.

— On dirait bien, oui. Mais je ne serai pas seulement mère au foyer, j'ai aussi des projets. Puisque Killian habite à la Nouvelle-Orléans, je pourrais avoir ma propre pâtisserie là-bas. Je rêve d'ouvrir mon entreprise depuis un certain temps.

— C'est vrai, tu es pâtissière, dit-il en se frottant le menton. Tu sais tout faire ? Gâteaux, biscuits, tartes ?

— Oui, tout.

Il se leva derrière le bureau.

— Si je laisse Killian garder son emploi et que je vous autorise à vous unir, tu me promets de toujours faire des gâteaux à Killian et qu'il n'aura plus jamais besoin d'aller chercher des cookies ailleurs ?

— Bien sûr, répondit-elle sans comprendre. Mais je ne...

— Parfait. Ça lui évitera de s'intéresser aux cookies de Jacey. D'ailleurs, je sais où tu pourrais ouvrir ta pâtisserie. Je vais contacter l'agent immobilier et organiser une rencontre entre vous. Va me chercher Killian, dit-il terminant son verre de bourbon.

Une fois les deux loups dans la bibliothèque, quelques minutes s'écoulèrent avant que la porte ne s'ouvre à nouveau.

Killian sortit de la pièce et la serra dans ses bras avant de lui donner un long baiser.

— Qu'est-ce que tu as dit à Barrett pour qu'il accepte de nous unir ?

— Je lui ai juste fait entendre raison, dit-elle en souriant avant d'enlacer sa taille. Il a posé une condition. Je dois te fournir tous les cookies que tu voudras pour que tu n'en demandes plus à Jacey. Tu comprends ce qu'il a voulu dire par là ?

Killian éclata de rire.

— Non, ma chérie, je n'en ai pas la moindre idée.

Il la prit dans ses bras et l'embrassa passionnément.

— Je te promets de t'aimer pour le restant de mes jours, Lilliana Beckway.

— Et je te promets de t'aimer en retour, Killian Black. Pour toujours.

Killian la serra contre son torse. Il avait enfin tout ce dont il avait toujours rêvé.

Fin

Merci d'avoir lu ce livre ! J'espère que vous l'avez apprécié autant que j'ai aimé l'écrire. S'il vous a plu, n'hésitez pas à laisser un commentaire ; ils sont très importants pour les auteurs indépendants.

Découvrez bientôt le prochain livre de la série : *Son Loup Chasseur* !

À PROPOS DE L'AUTEUR

Jodi Vaughn est l'auteur à succès USA Today de plus de vingt romans.

Inscrivez-vous à la newsletter ici pour

Abonnez-vous à ma newsletter ici!